目次

JN285597

1

昨日、梅雨《つゆ》明け宣言がでた。

そのとたん、待ってましたとばかりにうだるような暑さがやってきた。

夜になっても地面は冷えず、たまに吹いてくる風は涼《すず》しいどころか生《なま》ぬるい。

私が欠伸《あくび》をすると、お父さんも負けじとふあっと大きな欠伸をした。

「眠いよ、お父さん」

「俺《おれ》だって眠い」

「やっぱりもう帰る。帰って寝る」

「さっき渡したバイト代、返す気あるなら帰っていいぞ」

私は財布《さいふ》の中の五千円札を思って舌打《したう》ちをした。中二の私にとって五千円は大金だ。返してたまるもんか。

今日は夏休みの初日。そして時間は深夜三時。

私とお父さんは、隣町のプレイガイドにできた長い列に並んでいる。私達の前も後ろも若い女の子の列が続いていた。

親も先生も動物園のインド象《ぞう》もぐっすり眠る丑三《うしみ》つどきに、何故《なぜ》こんな所で欠伸を噛《か》み殺しているかというと、明朝十時から、このプレイガイドでロック歌手・黒木洋介《くろきようすけ》のコンサートチケットが発売になるからだ。

黒木洋介は、今女の子達に一番人気のロック歌手だ。デビューして三、四年は、知る人ぞ知るマイナーな歌手だった。ところが一年ほど前、洋介の歌がテレビドラマの主題歌に起用され、それが爆発的にヒットしたのだ。

実は、黒木洋介はこの町出身なのだ。

それで、故郷に錦《にしき》を飾《かざ》れとばかりに、来月生まれ育ったこの町でコンサートが行われる。

そのチケットを求める列に、私達は真夜中から並んでいる。誤解のないように言っておくが、私は黒木洋介のファンじゃない。もちろん隣に立っているお父さんも、黒木洋介のファンであるわけがない。

私達は仕事で洋介のチケットを買いに来ているのだ。

父の仕事は、いわゆる〝なんでも屋〟というものだ。この春に、お父さんは長年勤《つと》めていた銀行を辞《や》めて便利屋を開業した。

最初はそんな商売儲《もう》かるのかなと不安だったけれど、始めてみると予想以上に沢山の依頼があった。

行方不明《ゆくえふめい》の犬の捜索《そうさく》に始まって、豆腐《とうふ》屋さんの仕込みの手伝い、詰《つ》まったトイレの修理、野球チームの欠員補充や赤ん坊のお守りと、多種多様な依頼がうちのお店「ヒョウスケお便利商会」に持ちこまれた。

お父さんひとりじゃとてもさばききれないので、娘の私も当然手伝うことになる。

父は子供が家業を手伝うのはあたりまえだと思っているので、今日みたいにバイト代をくれることはほとんどない。それでも、文句言わずに手伝ってやってるんだから、我ながら自分はお人好しだなと思う。

「なあ、実乃《みの》」

「何よう」

しょぼくれる目をごしごしこすりながら、私は生返事《なまへんじ》をした。

「見れば見るほど若い娘ばっかだな」

お父さんは腕組みをして、あたりを見回した。

「そりゃそうでしょ。黒木洋介って言ったら、今寝てみたい男・ナンバー1だもん」

そのとたん、お父さんの手が後頭部に飛んできた。

「いた。何すんの」

「まだケツの青いガキが何言っとるか」

「別に私が寝たいって思ってんじゃないよ。世間の女の子がそう言ってるんだよ」

「そんなこと言ってんじゃねえ。寝るとか寝ないとか、親父《おやじ》の前で堂々と言ってっと、檻《おり》につっこんで鍵《かぎ》かけちまうぞ」

「私よりも、お姉ちゃんのこと檻につっこんだほうがいいんじゃないの」

言い返すと、父は言葉を詰まらせた。

ひとつ年上の花乃《かの》お姉ちゃんは、黒木洋介の大ファンだ。花乃ちゃんの部屋には、洋介の特大ポスターが何枚も貼《は》ってあって、彼女は夜寝る前にポスターの洋介におやすみのキスをしている。

私は馬鹿《ばか》みたいと思ってるが、お父さんは内心落ち着かないようだ。

だから、近所の人から洋介のチケットを取ってくれと依頼を受けた時、当然花乃ちゃんは一緒に行って自分の分のチケットも買うと言った。

それをお父さんが「ダメだ、ダメだ、そんな夜中に行かせられるか。それに黒木洋介のコンサートなんか危険だから行っちゃダメ！」と頭ごなしに叱《しか》りつけた。

でも、花乃ちゃんはそんなことでしゅんとするようなタマじゃない。

彼女はお父さんに、洋介のチケットを買いに来るのは若い女の子ばかりだから、きっとひとり中年の親父が並んでると白い目で見られるよ、実乃でも連れて行ったほうがいいんじゃないと吹きこんだ。

その時は、仕事なんだから恥《は》ずかしいもクソもあるかと勇《いさ》ましいことを言っていたのに、父はあとでこっそりと私の所へやって来た。

バイト代やるから一緒に来い、とお父さんはしかめっ面《つら》で私に頼んだ。最初、三千円だったのを、時間外労働と称して五千円に上げさせた。

そしたら案《あん》の定《じょう》、お父さんと入れかわりに花乃ちゃんがやって来て「チケット買ってきてくれたら千円あげる」と持ちかけてきた。

花乃ちゃんにも夜間料金は割り増しなんだと言って、二千円に上げさせた。

かくして、私のお財布には七千円の臨時収入。

いつもいつも、お父さんと花乃ちゃんには損《そん》な役まわりを押しつけられてるんだから、たまにはこのくらい、いい思いをさせてもらってもいいと思う。

「まったく近頃《ちかごろ》の親は何を考えてやがんだ。こんな夜中に、娘を外に出すとは何事だ」

眠けのせいで不機嫌なお父さんは、しきりに文句を垂《た》れている。

「そういう自分だって、うら若い乙女《おとめ》をこんな夜中に引っぱり出したくせに」

「おまえなんか乙女じゃなくて、まだケツの青い猿《さる》だ」

「猿のお尻《しり》は青じゃないよ」

「屁理屈《へりくつ》を言うな」

「そっちが変なこと言うからじゃんか」

その時、私達の前に並んでいた女の子ふたりが派手《はで》に吹き出した。どうやら、私とお父さんのくだらない口喧嘩《くちげんか》を聞いていたらしい。

「笑われちまっただろ。タコ」

「タコはどっちよ、ハゲ」

「なんだと、この扁平胸《へんぺい》」

「自分の娘に向かって、なんなのそれ」

エキサイトしてきた私達に、前列の女の子が振り向いて口を挟《はさ》んだ。

「後ろで親子喧嘩しないでよ。落ち着かないから」

私とお父さんはそう言われてつかみあった手を離した。

「や、すんません。なんせ、こいつがガキなんで、飽《あ》きちまったみたいでね」

お父さんは愛想笑いを浮かべて頭をかいた。なんだよ、さっきはこんな深夜に若い娘がけしからんなんて言ってたのに、そのデレッとした顔は。

「お嬢さんがチケット買うのにつきそいに来たんですか？」

まあどう見てもそう見えるだろう。見渡すと、列の中にはいい歳《とし》をした大人の姿がちらほら見える。子供の代わりに買いに来たのかもしれない。

「洋介ステキだもんネー、コンサート見たいよネー」

女子大生くらいに見える女の子は私をすっかり子供扱いして、顔を覗《のぞ》きこんできた。

「別に私、ファンじゃないよ」

子供扱いされたのが気にいらなくて、私は少々冷たく言い返した。

「え？　じゃあ、お父さんが洋介のファンなの？」

お父さんは顔をしかめると、「便利屋なんですよ」と簡潔《かんけつ》に言った。彼女達はますます首を傾《かし》げる。

「近所の人に頼まれましてね。夜中から並ばないと買えないっていうんで、こうして代理で並んでるんですよ」

やっと彼女達は納得したようだった。そうすると今度は便利屋という聞きなれない商売に興味を持ちはじめたようだ。

「便利屋って何をするんですか？」

「便利屋ってぐらいだから、頼まれたことはなんでもしますよ」

「部屋の掃除とか、買い物とか？」

「そういうのが、一番多いね」

「レポートもやってくれる？」

「警察につかまりそうなことと、その人のためになんないことは、引き受けないんです」

「え〜、ケチ」

彼女達も相当飽きていたようで、いい歳のおっさんと盛りあがっている。お父さんはお父さんで、キレイなお姉ちゃんが好きだから名刺なんか渡してエヘラエヘラしていた。

私は呆《あき》れて道沿《ぞ》いにあるガードレールへ腰を下ろした。夜空を見上げると、夏の星座が瞬《またた》いている。

とにかく今日から夏休みだ。そう思うと不機嫌な気持ちも少し薄れる。どうせ休み中は、お父さんの仕事を手伝うことになるんだろうけれど、それでも休みは休みだ。プールへ行って、スイカ食べて、お祭りもあるし花火大会もある。

そんなことを考えていると、顔の前をヤブ蚊《か》がブーンと横切って行った。叩《たた》いてやろうと、蚊の飛んでいく方向に視線を走らせる。すると、二、三列前にいた女の人と目があった。彼女もこちらを見ていたらしく、私の視線と彼女の視線が、もろにぶつかったのだ。

キョトンとしていると、彼女はあわてて目をそらした。二十歳ぐらいのかわいらしい顔をした女の人だった。ゆで玉子みたいな白い顔に、ペコちゃんみたいな丸い目がついていた。

じっとこちらを見てたみたいだけど、会ったことがある人だったかどうか思い出せなかった。

「ねえ、お父さん。あの人、知ってる?」

話しかけても、お父さんは女の子達と盛りあがっていて、聞こえないようだった。

まったく父親の威厳《いげん》も何もあったもんじゃない。

さっきの蚊がまた羽音をたてて飛んできたので、今度はすかさずバチンと両手で叩いてやった。掌《てのひら》の上でペシャンコになった蚊をティッシュではがしていると、また視線を感じた。

顔を上げると、さっきの女の人が首を曲《ま》げてこっちを見ている。今度は私ではなくお父さんを見ているようで、視線はぶつからなかった。

じっとお父さんを見つめるそのまなざしは、女の子達とふざける彼に、嫉妬《しっと》しているようにも見える。

まさかね。

私は自分の想像に笑ってしまった。チビで小太りで若ハゲで、でかい声のガサツなおっさんなんか、あんな若くてきれいな女の人に相手にされるわけがない。

笑ってはみたものの、その女の人は、ずっとお父さんを見つめている。

私は眉《まゆ》をしかめて、首を傾げた。

私は桜井《さくらい》実乃。中学二年。

お母さんはいない。四年前に急病で亡くなってしまったので、我が家は三人家族だ。

でもお母さんと同じくらい優しくしてくれる人を私は持っている。目の前にいるお坊さんがその人だ。

「実乃、こぼしてるぞ」

私は我に返って手もとを見た。かき氷をスプーンですくったまま、彼の横顔に見とれていたようだ。スプーンの先からポタポタと水滴が落ちている。

「ひゃっこい」

「暑さでボケたか」

ショートパンツのポケットからハンカチを捜しているうちに、彼は作務衣《さむえ》の袖《そで》で私の膝《ひざ》を拭《ふ》いてくれた。

「あ、どうも」

「早く食べないととけちゃうぞ」

そう言って、彼はサクサクと自分の宇治金時《うじきんとき》を食べだした。私も気を取りなおして氷を口に運ぶ。

お堂の外のけやきの木から、蟬《せみ》の声が雨のように降っていた。夏の正午の日差しは、その明るさの分、古い本堂の中にくっきり濃《こ》い影を作っている。そのひんやりした床の上で、かき氷を食していらっしゃる若い僧侶《そうりょ》の名前は、永春《えいしゅん》さんという。

このお寺の住職の息子で、歳は二十四歳。つるりとそった頭と、涼しげな目もとは見ているだけで清々《すがすが》しい気持ちになる。人間清涼飲料水と呼んでしまおうか。

「さっきから人の顔ばっかり見て。どうかしたの？」

かき氷から視線を外《はず》さず、永春さんは聞いてきた。

「永春さんって汗《あせ》かかないなあって思ってさ」

「お寺は涼しいからな」

そりゃカンカン照りの外にくらべれば涼しいけど、今日はまるで風も吹いてないので、私は結構汗をかいている。なのに汗もかかず平然と座っている永春さんは、やっぱりどっか並の人とは違うのかもしれない。

私は、このお坊さんが好きだ。

この町の人で、永春さんを嫌いな人なんかもちろんいないけれど、私の「好き」はかなり特別な「好き」だ。

最初は、お母さんが死んだ時、誰《だれ》よりも力強く私を落ちこみの沼《ぬま》から引っぱりあげてくれた。

それから私は自分では解決できないことがあると、永春さんの所へ駆けこんだ。

野菜を刻《きざ》んで指まで一緒に刻んでしまった時は、血だらけの指をくわえてお寺へ走った。ひとりきりの夜、巨大なゴキブリの出現に悲鳴をあげた時も、彼がスリッパで殺生《せっしょう》してくれた。お姉ちゃんと喧嘩《けんか》してお父さんに怒られた時も、唇《くちびる》を嚙《か》む私の頭を永春さんがそっとなでてくれた。

最初〝頼りになるお兄さん〟だった彼が、だんだんそれ以上の存在になってきたことに、ある日突然気がついた。

私は、永春さんが好きだ。

そう改めて思うと、足もとがふわふわしてきてお寺の石段を踏み外してしまった。おでこのすり傷をさわりながら、私は大きな溜《た》め息をついたことを覚えてる。

好きだと思ったところで、永春さんと私は十以上も歳《とし》が違う。いくら私が楽天的だといっても、永春さんが十も年下の女の子を恋人にするわけがないことはすぐ悟《さと》った。

好きだと思った次の瞬間、そのことに気づいてしまったから、私の永春さんに対する「好き」は「お嫁さんになりたい」みたいな具体的なものではなくなってしまった。

私は錦《にしき》の幕の向こうにいる観音《かんのん》様に憧《あこが》れるように、永春さんに憧れることにした。決して自分のものにしようなんて考えず、そばにいていつも顔を見ていられればいいと思った。

「あ、そうか。夏休みなんだ」

永春さんは唐突《とうとつ》に言うと、私の顔を見た。

「昨日からそうだよ。急にどうしたの？」

「いや、どうして平日の昼間に遊びに来たんだろってずっと考えてたんだ」

「永春さんも暑さボケだね」

クールぶってるわりには、彼はこうやってどっか抜けてるところがある。

「夏休みはどっか行くの？」

「別に。どうせお父さんの手伝いだよ」

「ああ、そうか」

「昨日だってさ、黒木洋介のチケット頼まれちゃって、夜中からプレイガイドに並んだんだよ。ひとりで行けばいいのに、恥《は》ずかしいからおまえも来いなんて言ってさ。疲れちゃったよ」

私はバイト代をもらったことはすっかり忘れて文句を言った。

「黒木洋介？」

永春さんはゆっくりと顔を向けた。

「知らない？　ほら、いっつも鋲《びょう》打ちの皮ジャン着て、頭が金髪のハリネズミみたいな人だよ。金曜の八時からドラマで主題歌を歌っててさ。流行《はや》ったじゃん」

「コンサートに来るの？」

「うん、来月。市民ホールだって」

永春さんは唇を尖《とが》らせて何やら考えこんでしまった。やっぱり、お坊さんには俗世界《ぞくせかい》のことは分からないようだ。

「花乃ちゃんは大ファンなんだけど、私はあんまり好きじゃないんだ。だってちょっとカッコつけすぎなんだもん。永春さんも今度テレビで見てみなよ。あ、そうだ。洋介ってこのあたり出身らしいよ。一応地元のスターだよね。実家ってどこなんだろう」

「沼田《ぬまた》郵便局の裏だよ」

私の独り言《ひとりごと》に彼はポッンと答えた。

「え？」

「洋介の家は沼田郵便局の裏。渡辺《わたなべ》医院のはす向かいだよ。よく行ったっけ。懐かしいな」

永春さんの言葉の意味をうまく飲みこめないで私は口をパクパクさせた。私のびっくり顔を眺《なが》めて永春さんは小さく笑った。

「洋介とは高校の時、同級生だったんだ」

「え、え、え——!?」

かき氷もスプーンも放って、私は永春さんの襟《えり》をつかんだ。

「ホントに？」

「本当」

「どうして言ってくれなかったの？　分かってたら、夜中に並んでチケット買うことなかったのに」

「しようがないだろ。コンサートのこと、今聞いたんだから」

スプーンで額《ひたい》を叩《たた》かれて私は口をつぐんだ。まあ、そりゃそうだけど。

「黒木洋介とは仲良くなかったの？」

コンサートのこと今聞いたってぐらいだから、別に親しい間柄じゃなかったのかな。あ、でも今、洋介の家へよく行ったたって言ってたな。

「仲、良かったよ」

「じゃあ、コンサートのこと、連絡ぐらいしてくれないの？」

「そうだな。連絡ぐらいしてくれりゃいいのにな」

ガラスの器《うつわ》の底にたまっている溶けた氷を、永春さんはそっとスプーンですくう。

「あいつ、高三の時スカウトされてさ。卒業式も出ないで上京して行ったんだよ。それから全然連絡ない」

「ふうん」

私は少し考えてこう言った。

「家を知ってるんなら、お家の人に聞いてみたら？」

永春さんは肩をすくめただけで私の提案には何も答えなかった。無言の横顔を見て、私は気がついた。

永春さんは、黒木洋介が自分から連絡してくれることを期待してるのかもしれない。

黒木洋介はスターになっちゃって、もう昔の友達なんかどうでもよくなっちゃったのかな。

「元気だして、永春さん」

「元気だよ」

「落ちこんでるのかと思って」

永春さんは私のほうを見て笑い、「ありがとう」とハッキリ発音した。そんなキッチリありがとうなんて言われると、なんだか照れてしまう。

「洋介のコンサート、行く?」

「僕?」

「うん。私の分も一応チケット買ったんだ。私はどうしても見たいってわけじゃないから使っていいよ」

「ありがとう。でもいいや。実乃が行っておいで」

永春さんは底のほうに残った最後の氷を、せっせと口に運んだ。それで額にキーンときたらしく、彼は顔をしかめてこめかみを指でおさえる。

その苦悩の表情を、私はなんだか深読みしてしまった。

夏休みが始まってから約十日、私には夏休みらしい日が一日としてなかった。

商売繁盛《はんじよう》なのは結構だけど、ただ同然のバイト代で私は毎日こき使われている。

休みになった幼稚園の大掃除、ラジオ体操のハンコ押し係、近所の子供と昆虫《こんちゅう》採集と、私はいろんなことをやらされた。

幼稚園の大掃除は肉体労働で筋肉痛になったし、ラジオ体操のハンコ押しは毎日早起きしなければならない。昆虫採集なんか、頼みにきた子がやわなお坊ちゃんで、結局私が山の中を一日中歩いてクワガタやカブトムシを集めてやった。

夏休みだっていうのに、私は全然休んでなくて、クタクタだった。

でも本当は、正直言って楽しかったんだ。そりゃやってる時は大変だけれど、一日が終わって家でお風呂入ったりすると、すごく気分が爽快《そうかい》だった。

働くって案外気持ちいいって思った。

もちろんそんなことはお父さんに言わない。言ったらもっと仕事を増やされてしまう。

「それにしても、あちいなあ。おい、実乃。店の戸、もっと開けてくれ」

お父さんは、広い額にテカテカ汗を光らせてそう言った。

私は椅子《いす》から立ちあがって、半分開いていた店の引き戸を全開にした。

「文句言うぐらいなら、店にクーラーつけてよね」

「そうだよ、豹助《ひょうすけ》さん。クーラー買おうぜ」

そこにいたハズムも同意してくれた。

「うるさい。バイトの分際《ぶんざい》で社長に意見すんな」

「お父さんが暑いって言いだしたんでしょ。なに怒ってんのよ」

「あー、うるさい。黙って手を動かしな」

うるさいのはどっちだよ。さっきから暑い暑いってわめいてるのは、お父さんだけじゃないか。

私達はしぶしぶ作業を再開した。今日は珍しくデスクワークなのだ。近所の小さい会社に頼まれたダイレクトメール作りをやっている。

まず私が中身のパンフレットを折って封筒に入れる。それを隣のハズムに渡すと、彼が封筒を糊《のり》づけする。そしてお父さんが依頼主が作ってきた宛名《あてな》シールをペタンと貼《は》って出来あがり。

簡単は簡単なんだけれど、数が千通もあるので朝からやってもまだ半分ぐらいしかできてない。それでもハズムがアルバイトに来てくれたからまだ良かった。お父さんとふたりでやったら、徹夜《てつや》してもきっと終わらないだろう。

ハズムは私のクラスメートだ。前はそんなに親しくなかったけど、春にハズムの家の犬がいなくなって、うちに捜索を依頼してきたことがきっかけで仲良くなった。

忙しい時だけでいいからアルバイトしてくれないかとお父さんが頼んだら、ふたつ返事で引き受けてくれた。

「あー、さすがに飽きてきた」

糊づけしていた手を止めて、ハズムが伸びをする。

「ね、豹助さん。音楽でもかけない？」

「おう、そうだな。実乃、どっかにテレコあっただろ。捜してこい」

私は黙って立ちあがった。まったくなんでも私に振ってくるんだから。少しは自分で動こうとしてほしい。

捜すまでもなく、ファックスの横にご近所からもらった古いテープレコーダーはあった。五本ほどカセットテープが積んである。手に取って見ると、五本中四本は演歌だった。

「ハズム。都《みやこ》はるみと山本譲二《やまもとじょうじ》とどっちが聞きたい？」

彼が絶句したとたん、お父さんが「ハルミちゃん」と答えた。

「お父さんには聞いてないよ」

「俺のテレコに俺のテープだぞ」

「普通のは黒木洋介しかないよ、ハズム」

かまってるとキリがないので、お父さんのほうは無視した。ハルミちゃんは普通じゃないっつうのかよ、とお父さんはブツブツ呟《つぶや》いている。

「しようがない、それでいいよ」

テープをセットしてスイッチを押すと、やかましいギターの音がした。そして洋介がかすれた声で歌いはじめる。

私達は黒木洋介のロックをBGMに、しばらく黙々と作業を続けた。

うちの店は商店街に面しているので、全開にした戸のすぐ外を、買い物客がぞろぞろと通っている。どの人も例外なく、ガンガンロックをかけて袋はりをしている私達を物珍しそうに見て行った。

A面が終わりオートリバースでB面が始まると、ハズムがこちらを見た。

「このテープ、実乃の？」

「違うよ、花乃ちゃんの」

「花乃さん、洋介のファンなんだ」

「うん。私はあんまり好きじゃないけどね」

それを聞いて、ハズムが大袈裟《おおげさ》に瞬《まばた》きした。

「洋介のファンじゃない女の子もいるんだな」

「そりゃ、いるでしょうよ」

「へえ。なんか意外っつうか、感動っつうか」

「そんなことで感動しないでよ」

苦く笑うと、横からお父さんが口を挟《はさ》んだ。

「俺もこの黒木洋介っていう奴《やつ》は、どうも気にくわん」

「お父さんは、ハルミちゃんが聞きたかったからでしょ」

「ちがわい。花乃がテレビの前でキャーキャー言ってるけど、あんなアホみたいな男のどこがいいんだか」

〝アホみたい〟の部分を強調してお父さんは言った。

「そうそう、あとあの金色の頭」

ハズムも頷《うなず》く。

「ありゃ、全部さかさまにおっ立ってるけど、逆立ちでもして寝るのかね」

「ワックスとかで立たせるんだよ、豹助さん」

「ワックスって車のか？」

ハズムとお父さんが洋介の悪口を言うのを、私は手を動かしながら聞いていた。私は洋介のファンじゃないから、別に腹は立たないけれど、私が洋介を嫌いなのは、派手《はで》な見かけのせいばかりじゃなかった。

「私はさ。この歌い方がやだな」

流れる歌声を聞きながら私は言った。

「なんか、ネチネチしてない？」

「そうだよなあ、テレビで見るとき、カメラに流し目なんかして、クネクネして気持ち悪いよ」

「わざとかもしれないけど、司会の人とかに乱暴な口きくじゃない。不良っぽいのを売り物にするのってなんか嫌だな」

ハズムと私がそう言うと、お父さんもハイハイと手を上げた。

「男ならビシッと髪切って、ふんどしはいて歌ってみろ」

「お父さん、それじゃ山本譲二だよ」

みんなで声をそろえて笑った時のことだった。

「やめてください！」

晴天《せいてん》の野原にいきなり雷《かみなり》が落ちたようなその怒鳴り声に、私達は「わ！」と首をすくめた。

振り向くと、開けた引き戸の前に白いワンピースを着た女の人が足を踏んばって立っていた。唇と拳《こぶし》が小さく震えている。大きな両目にはうっすら涙さえ浮かべていた。

「洋介さんのこと、よく知らないくせに悪口言わないで」

唖然《あぜん》としている私達に、彼女は強くそう言った。

突然の出来事に、私達三人はおろおろとおたがいの顔を見た。そのうち、お父さんとハズムが「おまえ行け」と言う目で私を見た。

しようがないなあ。フォローするか。

「えっと、ごめんなさい。みんな、悪気はなかったんです」

立ちあがって頭を下げると、女の人は身を固くした。そして、みるみる顔を真っ赤にそめた。

「あ、いえ、私こそ、興奮しちゃって」

さっきの勢いはどこかへ行ってしまったようだ。顔を両手で押さえて赤くなっている彼女を見て、私はあれ？ と思った。

どこかで見たような顔だ。

「お嬢さん、失礼しました。私達も本当に軽い冗談のつもりだったんです。許してください」

女の人の怒りがおさまったのを見計らって、お父さんが後ろからやってきた。

「いいえ、あの、私も洋介さんのことになると、ついムキになってしまって」

彼女が「洋介さん」と口にした時、私は急に思い出した。

「あ、この前、洋介のチケットを買う時に並んでた人でしょう？」

思わず指差すと、彼女は丸い目をさらに丸くした。

「……気がついてましたか？」

「うん。お父さんのこと熱心に見てたから、お父さんの知りあいかなあって思ってたの」

横にいたお父さんの耳がピクンと動く。

「私のことをご存じで？」

気取った顔してお父さんは彼女に聞いた。女の人は困ったように少し笑うと、ポケットから名刺らしき紙を取り出す。それは「ヒョウスケお便利商会」の名刺だった。

「この便利屋さんは、こちらですよね」

「は、はい」

「この前、洋介さんのチケットを買う時に、私の少し後ろで女性の方とお話しなさってたでしょ。それで便利屋さんをやってらしてることを聞いて。私、お願いしたいことがあって、あとでその人達に頼んで名刺をいただいたんです」

「なあんだ。だからお父さんのこと見てたのかあ」

「て、ことはお客さんですな。さささ、さ、どうぞ中に入ってください。実乃、机の上片づけな」

お父さんはドサクサにまぎれて彼女の腕を取り、店の中に連れこんだ。女の人は遠慮がちに勧《すす》められたソファに腰を下ろす。

神妙にうつむいている彼女は、さっき洋介の悪口を聞いて激怒していた人とは別人のようだ。白いワンピースと左目の下にポッンとある泣きぼくろが可憐《かれん》だった。

私が冷蔵庫から冷えたウーロン茶を出していると、いつの間にかハズムが寄ってきて小声で言った。

「きれいな人だな」

「そうだね」

「実乃も髪伸ばしてああいうの着てみたらどう？」

私が黙っていると、ハズムは意地悪く笑って顔を覗《のぞ》きこんできた。

「あれ？　ひがんでんの？」

「誰《だれ》が何をどうひがんでるって言うのよ」

力まかせに冷蔵庫を閉めると、ハズムはニヤけ顔のまま肩をすくめた。

ハズムの言いたいことは分かっていた。今そこのソファに座っている女の人と私は、まったく逆のタイプだとハズムは言いたいんだろう。ショートカットのぼさぼさ頭で、鼻の頭まで日焼けで皮がむけている私には可憐のカの字もない。

私が女の人の前にグラスを置くと、彼女は静かに会釈《えしやく》した。

「黒木洋介のファンなんですか？」

唐突にハズムが彼女に質問した。そのとたん彼女の顔がポッと赤くなる。さっき怒鳴り散らしたことを思い出したんだろう。

「はい。そうなんです」

「いやね、うちの上の娘も大ファンなんですよ。まあ、あれだけ歌が上手《うま》くてカッコよきゃ人気も出るよねえ」

ふんどしはいて歌ってみろ、と言った舌《した》の根も乾かないうちにお父さんはわざとらしくお世辞を言った。

私とハズムは白けて顔を見合わせる。

「実は……お願いというのは、洋介さんのことなんです」

彼女は蚊《か》の鳴くような声で呟《つぶや》いた。

「え？　何ですか？」

「……はい。あの、お願いしたいことなんですけど」

「そうそう。ご依頼ね。はい、私どもで出来ることならなんでもお引き受けしますよ」

そっと唇を噛んでいた彼女は、すがりつくような目でお父さんを見た。

「洋介さんのボディガードを、お願いしたいんです」

「は？」

「洋介さんが誰かに殺されないように、守っていただきたいんです」

力のこもった彼女の言葉を、私達三人は同時に「はあ？」と聞き返した。

2

「それは、つまり、あれですか。黒木洋介《くろきようすけ》をボディガードしてほしいってことですか？」

お父さんは彼女にそう尋ねた。笑いもせずに、ペコちゃん目玉の可憐な女の人は、はっきり「はい」と頷いた。

私達は面食《めんく》らって彼女の顔を見た。重い沈黙が店の中を漂《ただよ》っている。

腕組みをして、どう答えようかと考えていたらしいお父さんは、「あのね、お嬢さん」とやさしい声を出した。

「あなたが黒木洋介の大ファンで、その洋介がこんな小さい町の警備も万全じゃないホールでコンサートをするのは心配だっていうのは分かりますよ。でもね、うちは警察じゃないんですよ。私達みたいな得体の知れない便利屋が、ボディガードをさせてくださいなんて言っても、門前払いにされるに決まってるでしょ」

お。バカ親父《おやじ》もたまにはちゃんとしたこと言うじゃないか。

私は感心したけど、依頼主の彼女は見ていてかわいそうなぐらいしゅんと肩を落とした。

「なんか事情があって頼みに来たんじゃないの？」

机に向かって封筒はりの続きをやっていたハズムが、そう声をかけてきた。

確かにそうだ。特に事情もなく、芸能人のボディガードを街角の便利屋に頼みに来るわけない。

「お父さん、事情ぐらい聞いてあげようよ」

「う、うん。もちろん」

彼女の泣きだしそうな顔が、それを聞いて明るくなった。

「聞いていただけますか?」

「はいはい、聞きますよ。心おきなくどうぞ」

半分ヤケクソで言っているお父さんに、彼女は「はい」と大真面目《おおまじめ》に返事をした。

「実は、先週のことなんですけど」

膝《ひざ》の上で強く両手を握って、彼女はゆっくり話しだした。

「友達と居酒屋に飲みに行った時に、私の後ろに変な男の人達がいたんです」

へええ、この人でもお酒飲んだりするんだなと、私は見当違いな感心をしていた。

「店の中なのにふたりともサングラスをかけて、ぼそぼそ話をしてるんです。狭《せま》い店だったから、私の背中のすぐ後ろにその人達がいて……私、あんまり飲めないから、みんなほど盛りあがれなくって黙って座ってたんです。そしたら、その人達の話し声が聞こえて」

そこで彼女は唇《くちびる》を嚙《か》んだ。私達は真剣そのものの彼女の顔を黙って見ていた。

「その人達、洋介を始末しようって言ってたんです」

「始末う？」

お父さんのすっ頓狂《とんきょう》な声に、彼女は力強く頷いた。

「私、びっくりしちゃって、その人達が話しているのをずっと聞いてたんです。店の中がうるさかったから、途切《とぎ》れ途切れにしか聞こえなかったんですけど……でも、コンサートに来た時だとか、警察に怪《あや》しまれないようにとか、とにかく洋介さんを殺そうって相談だったんです」

すっかり力が入って立ちあがってしまった彼女を、私達は呆《あき》れて見あげた。

「まあまあ、分かりましたから座ってください」

「あ、……すみません」

お父さんに言われて、彼女はまた赤くなった。恥《は》ずかしそうに腰を下ろすと、上気した頬《ほお》を押さえている。

なんかこの人、おとなしそうに見えるけど、変な人だなあ。

「その話、本当なんですか？」

「ほ、本当です」

私が聞くと、彼女は口ごもりながらそう言った。

「どういう人でした？　若い人？」

「いえ、三十歳ぐらいに見えましたけど……」

「服装とかは？　スーツ？　あ、だいたいその店ってどこなんですか？」

質問する私を、突然お父さんがペシッと叩《たた》いた。

「痛いな、何すんの」

「勝手に話を進めんな」

「いいじゃない。質問するぐらい」

「ガキがでしゃばってんじゃねえ」

お父さんが唾《つば》を飛ばしてわめくんで、しようがなく私は黙った。

「それで、お嬢さん。本当に洋介を始末するって聞こえたんですね？」

「はい。私、洋介さんの大ファンで、どうしても聞き流しておけなくて……だから、お願いにきたんです」

返答に困っているお父さんを尻目《しりめ》に、私はまた口を挟《はさ》んだ。

「ねえ、どうして便利屋なんかに来たの？　その話本当なら、警察に行ったほうがいいんじゃない？」

「実乃《みの》、何度言ったら分かるんだ。黙っていい子に座ってな」

「うるさいなあ。お父さんがとろいから聞いてあげてんじゃないの」

「とろいだとっ？　こぬ野郎」

パシパシ頭を叩かれて、私も必死に腕を払って応戦した。

「あ、あのっ、喧嘩《けんか》しないで……」

「よせよ。実乃。豹助《ひょうすけ》さんも、大人げないなあ。お客さんの前だろ」

振り向くと呆れ顔のハズムが立っていた。私とお父さんは唇を尖《とが》らせてそろそろと手をおろす。

「で、どうして便利屋なんかに来たんですか？」

ハズムに聞かれて、彼女は下を向いて小声で言った。

「あの、事情聴取とか、されちゃうでしょ……それが面倒で……」

急にもじもじしてしまった彼女を見て私は首を傾《かし》げた。予期してなかったことを聞かれちゃったような態度だ。

「ちょっと、お嬢さん。面倒ってねえ」

お父さんの当惑した声を聞いて、彼女はまた突然立ちあがった。

「やっぱり無理ですよね。変なこと頼んでごめんなさい」

「いや、あの、そういう意味じゃなくて、ちゃんと警察に……」

「いいんです。ごめんなさい。でも、できれば気をつけててほしいんです。お願いします」

彼女はバッグから白い封筒を出したかと思うと、それを私の前に差しだした。つい勢いで私は受け取ってしまう。

「お騒がせしました」

頭をさげたかと思うと、彼女は外へと駆《か》けだして行く。

「あ、ちょっと待って！」

私が追いかけようと店の外に出た時には、白いワンピースの裾《すそ》が商店街の人ごみに消えたところだった。


彼女が押しつけていった白い封筒の中には、一万円札が五枚も入っていた。

私達は、ピンと張った一万円札をテーブルに並べて「う〜ん」と唸《うな》る。

「結局、名前も言わなかったね、あの人」

私が独《ひと》り言《ごと》のように言うと、お父さんも横で呟《つぶや》いた。

「その居酒屋の名前も言わなかったし」

「私が聞いたら、お父さんが邪魔したんじゃないか」

お父さんはムッとしたようだけど、何も言わなかった。

「きれいな人だったけど、ちょっと変だったよな」

ハズムの台詞《せりふ》にお父さんも頷く。

「確かに変だな。あの話もちょっと嘘《うそ》っぽいし……きれいな子だったけど」

男ふたりには、どうも女の人の奇行より彼女の顔のほうが印象に残っているらしい。

「もし、あの話が本当だとしても、そんなに黒木洋介が心配なら警察に行けばいいのにね。変なの」

私達は、突然現れて風のように去って行った変な美人のことで調子が狂ってしまった。

「どうしようか……」

「どうしようたって、考えたところで黒木洋介のボディガードなんかできるわけないじゃんか、実乃」

「違うよ、このお金のことだよ」

私とハズムが話しあっていると、お父さんは急に立ちあがって、あっちこっちの机の引き出しを開けはじめた。何かを一所懸命捜している様子だ。

「お父さん、何してんの？」

「いや……今日は日曜日だから、銀行は休みだよな」

「何言ってんのよ」

質問とちぐはぐな答えが返ってきて私は眉《まゆ》を寄せた。

「お、あった。あった」

書類棚《だな》の奥から彼が引っぱりだしたものは、年賀状なんかがファイルされてる葉書ホルダーだった。パラパラめくったかと思うと、お父さんは一枚葉書を取りだした。縁《ふち》が黄色っぽくなっている古い年賀状のようだ。

「何それ？　年賀状？」

私の質問に適当に相槌《あいづち》を打つと、お父さんは電話の受話器を取りあげた。ハガキを見ながら番号を押していく。

「誰に電話してんのよ」

「……父親」

「父親って誰の？」

「黒木洋介」

サラリと言われて私はお父さんの顔を見た。受話器を耳と肩に挟んで、お父さんは呼びだし音を聞いている。そのとぼけた顔に私は近寄った。

「どうして、洋介の家の電話番号なんか知ってんのよ」

私はお父さんの袖《そで》をグイとつかむ。

「正直に言いなさいよ」

私の剣幕《けんまく》に、父は肩をすくめた。

「うるさいなあ。わかったよ、言うよ。黒木洋介の父親とは銀行に勤《つと》めてた時、同僚だったんだ」

「え、ええ――――！」

私は思わずお父さんのからだを揺すった。

「どうして今まで黙ってたの⁉」

「言いたくなかったんだ」

「そ、そんな理由あり？　洋介の父親知ってるならチケット並んで買うことなかったじゃないか、バカ親父！」

お父さんは興奮した私を片手で払った。

「悪かったよ。謝るよ。今、電話かけてんだから っ……あ、熊田《くまだ》さんのお宅ですか？」

電話の相手が出たらしく、お父さんは受話器に向かって言った。

「桜井《さくらい》豹助です。ええ、そう。春まで外渉《がいしょう》にいた桜井ですよ。まだ覚えてるでしょ。突然で驚いた？　そりゃそうですな。私だってあなたに電話かけることになるとは思ってませんでしたよ、ははは」

電話しているお父さんの横顔を、私はどうしてやろうかとジリジリ睨《にら》んだ。

お父さんといい永春《えいしゅん》さんといい、私のことバカにしてんじゃないの。知りあいなら知りあいってどうして言わないのよ。

「いや実はね、今、知らない女の人が店に来てさ。え？　便利屋だよ。開店の通知いかなかった？　来てる？　じゃ覚えててよ。頼むよ、クマさん」

お父さんは溜《た》め息まじりにそう言うと、若い女性が来て洋介のボディガードを頼んでいった経緯《けいい》を話した。

「黒木洋介って確かあんたの息子だろ？　なんか変な話だからさあ、一応伝えておこうと思ったんだよ。おいおい、落ち着けよ、あ、くそ」

顔をしかめると、お父さんは受話器から耳を離した。

「どしたのさ？」

「あの野郎、受話器落としやがったみたいだ。おい、クマさん。しっかりしてくれよ」

クマさん？　そういえばさっき、熊田さんって言ってたっけ。黒木って名字《みようじ》じゃないのかな。

「いいか。警察に通報するかどうかは、そっちで決めてくれ。警察に行くんなら、俺も一緒に行ってやるから。え？　はいはい、そうしてくださいよ。うちの電話番号知って……ちっ、切っちまいやんの」

お父さんは舌打《したう》ちして受話器を乱暴に置いた。私はすかさず、お父さんの尻《しり》を膝《ひざ》で蹴《け》る。

「てめ。親に蹴り入れるんじゃねえ」

「どうして黙ってたのよ」

目の前で大声を出されて、お父さんは顔をしかめた。

「わざわざ並んでチケット取ることなかったじゃないか。どうして洋介のお父さんに頼まなかったんだよ」

「うるさい。俺はあの男がでえっ嫌いなんだ」

唾《つば》を飛ばしてお父さんが言い返す。

「肝《きも》っ玉《たま》が小さくて、卑屈《ひくつ》でビクビクしてやがる陰気《いんき》な男なんだよ。今だってそうだ、俺が親切心で電話してやったのにオロオロしやがって、ろくに話も聞かず切っちまいやがった」

鼻から息をはいてお父さんはソファにドスンと座った。私達のやりとりを横で見ていたハズムがクスクス笑いだす。

「豹助さん、その人に怖《こわ》がられてるんじゃないの?」

「あいつは、相手が蟻《あり》んこでも怖いんだ」

「熊田なんて勇《いさ》ましい名前なのに。豹助さん、熊田って黒木洋介の本名なの?」

ハズムはさっきお父さんが出した年賀状をひらひら振った。私は横からそれを覗《のぞ》きこむ。

「おう。名前のほうは本名なんだか芸名なんだか、俺は知らねえけど」

年賀状は、印刷された味もそっけもないものだった。住所のあとに三つ名前が書いてある。

熊田大五郎《だいごろう》、花江《はなえ》、洋介。

ということは名字の「黒木」だけ芸名なんだろう。ま、確かに熊田洋介じゃちょっとロック歌手って感じじゃない。

「それで、洋介のお父さんはなんて言ってたの?」

私が聞くと、お父さんは不機嫌そうに鼻を鳴らした。

「少し考えてから電話するってよ。けど、あの様子じゃ電話してこねえだろうな」

私は机の上に並べられたお札に視線を戻した。

「それで、このお金はどうするの?」

「実乃はさっきから、金の心配ばっかりしてるし」

からかうように言うハズムを、私はにらみつけた。

「だってこんな大金、知らない人から押しつけられたら困るじゃない。ね、お父さん、洋介のお父さんに渡すっていうのはどう?」

「やなこった。なんであんな奴に、かわい子ちゃんからもらった金を渡さにゃならん」

「じゃあ、さっきの女の人を捜して返す? それとも事情を警察に話して渡しちゃう?」

お父さんは薄い頭をポリポリかいたかと思うと、机の上のお札を取って自分の胸ポケットへ入れた。

「あっ、取った。泥棒」

「うるさい。しまっとくんだよ。ほら、おまえら、封筒はりの続きやるぞ」

私とハズムはうんざりと溜め息をついてスチール机の前に座った。またさっきの作業を再開する。

「ね。豹助さん。あの人が言ってたことって本当かな」

封筒に糊《のり》をつけながら、ハズムがそう言った。

「どうだろうな。どっちにしても物騒な話だよ」

「嘘《うそ》だったら、五万円も置いてかないんじゃない」

ハズムの言葉に、お父さんはシールを貼《は》る手を止めた。

「直接、黒木洋介に伝えたほうがいいかな」

「父親が伝えるんじゃないの？」

「いや……あの熊田って男は、どうもあてにならんっつうか、頼りにならんっつうかさ」

「じゃあ、事務所かなんかに伝えるっていうのはどう？」

手作業をしながら、私はお父さんとハズムの会話を聞いていた。本当は黙ってようと思ってたことが、喉《のど》まで出かかる。

「実乃はどう思う？」

ハズムに話を振られて私は肩をすくめた。やっぱり、こんな事になってしまったら黙ってるわけにもいかないか。

「永春さんがさあ」

「どうしてそこで坊主《ぼうず》が出てくんだよ」

最後まで聞かず、お父さんが口を挟《はさ》む。

「高校の時、黒木洋介と同級生だったんだって」

お父さんとハズムはピタリと手を止めた。こちらを向いたかと思うと、お父さんの拳《こぶし》が飛んでくる。私は素早く両手でブロックした。

「娘に暴力ふるわないでよ」

「うるさい。おまえこそ、どうしてそんなこと黙ってた。そういう大事なことは、さっさと言っておけ！」

「お父さんだって黙ってたじゃないか。それに、私が言わないでおいたのは、花乃《かの》ちゃんに知れると面倒だからだよ。お父さんだって本当はそうなんじゃないの？」

私に言われてお父さんは言葉を詰《つ》まらせた。どうやら図星《ずぼし》らしい。

「まあまあ、親子喧嘩《げんか》はそのへんにしといてさ」

ハズムが私とお父さんをなだめる。

「それで、実乃、永春さんって、洋介と仲良かったのかよ」

「うん、そう言ってたよ」

ちょっと変な感じもしたけど、仲良かったって言ってたよな、本人は。

「じゃあ、永春さんに頼んで、洋介に会わせてもらおうぜ。それで直接話せばいいじゃん」

「直接会う？」

私は思わずハズムの顔を見た。

「そうだな。こういうことでもなきゃ、芸能人に直接会う機会なんかねえからな」

そうしよう、そうしようと口を揃《そろ》えているハズムとお父さんを見て、私はポカンとしてしまった。

このふたり、さっきはあんなに洋介の悪口言ってたくせに、実はずいぶんミーハーなんじゃないの？

やっぱり、言わなきゃよかったと、私は深く後悔した。

そうと決まれば、今から永春さんの所へ行こうということになり、私はハズムに引っぱられるように店を出た。

お父さんも一緒に行きたがったが、袋はりを放りだすわけにいかないので、ひとりで文句を言いながら仕事の続きをしている。

「ねえ、ハズム。どうしても永春さんに頼む気？」

「なんで？　まずいことでもあんの？」

真夏の午後二時、炎天下《えんてんか》の道をハズムが私の手を取り、ぐいぐい引っぱって歩いている。

気が進まない私はどうしても足が遅れる。

「そういうわけじゃないけどさあ」

「じゃ、いいじゃん」

ずんずん歩くハズムを追いかけるように、私は歩いた。

ハズムのさらさらの髪に、日差しが光っている。女の子みたいな顔なのに顎《あご》の線はよく見ると結構骨っぽい。

ハズムは案外女の子にモテるらしい。

子供の時は私よりずっとチビだったのに、中学に入ってからメリメリ音をたてるように背が伸びた。そのとたん、女の子が「ハズムってカッコいいよね」なんて言うようになった。

私もハズムのルックスの良さは、まあ認める。だけど、どうにも中身がいけない。そりゃ、いい子はいい子だと思うが、結構うぬぼれてるし、意地悪言うし、落ち着きはないし。いつもやさしくて落ち着いている永春さんとは大違いだ。

そこまで考えた時、ハズムが急に振り返ったので私はどきりとした。

「永春さんて、歳《とし》いくつなの？」

「あれ？　ハズムって永春さんと初対面？」

「顔ぐらいは知ってるけどさ、話したことない」

「あ、そうだったの。永春さんは、二十四だよ」

「て、ことは黒木洋介も本当は二十四か」

私は「あ」と声を出した。確か、黒木洋介って二十歳だとテレビでは言っていた。

「四つもごまかしてんのかあ」

「まあ、あのカッコじゃ年齢不詳だよな」

ふたりでゼーゼー言って汗《あせ》をかきお寺の石段をあがると、あがりきった所に永春さんが涼《すず》しい顔して立っていた。

「おや、実乃」

「あー、永春さん。何してんの？」

「いや……実乃にあげようかと思って、拾ってた」

大きな杉《すぎ》の木の下に、永春さんは腰をかがめる。何か小さい物を拾いあげると、それを私に渡してきた。

掌《てのひら》の上にのせられた物は、べっこう色をした蝉《せみ》の抜《ぬ》け殻《がら》だった。

「わっ」

私は何か虫かと思って、思わずそれを振り落とした。

「なんだよ、去年は喜んでたじゃないか」

永春さんは笑った。私は唇《とが》を尖らせて落としてしまった蝉の抜け殻を拾う。

「去年はまだ子供だったんだよ」

「今年だって、大して変わらないだろ。あれ？　君はハズム君だったよな」

私の横につっ立っていたハズムは、永春さんに聞かれて無言で頷《うなず》いた。

「暑かったろ。冷たいものでも……」

永春さんは袖《そで》をひるがえすと、お堂に向かって歩きだした。袈裟《けさ》から覗《のぞ》く着物の裾《すそ》と足もとの足袋《たび》が、日差しに白く光っている。

私達は、永春さんのあとに続いて本堂にあがった。つるつるに磨《みが》きあげた木の床が、素足にひんやり冷たくて気持ちいい。

永春さんが飲み物を取りに奥へ消えると、床にあぐらをかいたハズムがぽつんと言う。

「暑くないのかな」

「え？」

「袈裟着て足袋まで履《は》いてたろ。汗もかいてないみたいだし」

「ああ、永春さんね。暑いとか寒いとか、あんまり感じないみたい。修行してる人は違うよね」

「鈍感《どんかん》なだけなんじゃねえの」

ムッとしたところで、永春さんがお盆に麦茶のグラスをのせて帰って来た。裾をさばいて私達の前に座る。

「今日はふたりでどうしたの？　デート？」

「違うよ。永春さん、やめてよ」

「ムキになるほど、怪《あや》しいんだ」

「違うもん。用事があって来たんだよ、ね、ハズム」

同意を求めても、ハズムは無言で麦茶を飲んでいる。気まずい沈黙が流れて、私はあせって話題を捜した。

「ハズムは、永春さんと話するの初めてなんでしょ？　ね？」

「そうかもな。すれちがって挨拶《あいさつ》ぐらいしたことあるけどね」

永春さんはニコニコ笑ってハズムの返事を待った。だが、彼は無表情に頷いただけだった。

私と永春さんは、ちらりと目を見合わせる。

理由は分からないけど、どうもハズムは機嫌を損《そこ》ねているようだ。私が目でそう合図をすると、永春さんも小さく合図を返してくる。

「それで用事って？」

「あのね。ちょっとお願いがあって」

「実乃のお願いなら、なんでも聞きましょう」

半分ふざけて永春さんがそう言うと、ハズムは意地悪そうに薄く笑って私のほうを見た。

「さっき、うちの店に変な女の人が来てさ。何を依頼してったと思う？　黒木洋介のボディガードだよ」

「洋介のボディガード？」

「うん。なんか居酒屋で、怪しい男ふたりが話してるの聞いちゃったんだって」

私は、女の人の話をそのまま永春さんに伝えた。彼はふんふんと話を聞いたあと、腕を組んで小さく唸《うな》った。

「その話、本当なのかな」

「そうなの。私達も最初疑ってたんだけど、その女の人、五万円も置いてさっと帰っちゃったんだよね。それで、ハズムが嘘《うそ》ならお金なんか置いてくわけないって言うからさ」

自分のことを言われても、ハズムは知らん顔で座っている。私は、ハズムの膝《ひざ》を肘《ひじ》で突いた。

「ちょっと、ハズム。ブスッとしてないであんたも何か言いなさいよ」

ハズムが永春さんに頼もうって言いだしたくせに、この態度はなんだろう。永春さんだって、そんなぶっちょう面《づら》で頼まれごとされたら不愉快に決まってる。

私が睨《にら》んだらハズムはしかたなさそうに作り笑いをしてから言った。

「それで実乃が、永春さんと黒木洋介が同級生だって教えてくれたもんで、永春さんに頼んで黒木洋介に会わせてもらおうと思ったんです」

スラスラと愛想笑いを浮かべて話すハズムに、私と永春さんはまたこっそり視線をあわせた。機嫌が悪いんだか、いいんだか、分からない。

「直接会って話したほうがいいって、お父さんとハズムは言うんだけど……永春さん、無理だったら断っていいよ」

「いや……」

永春さんはしばらく考えたあと、私に聞いた。

「その女の人って、いくつぐらいの人？」

「どうかなあ。二十歳ぐらいに見えたけど、もう少し上かもしれない。すごくきれいな顔した女の人だった。髪は長くってね、後ろで編みこんでて……あ、そうだ。左の目の下にね、小さいほくろがあってそれがすごくかわいいの」

それを聞いて永春さんはまた黙りこんだ。じっと麦茶のグラスを見つめている。

「どうしたの？　知ってる人かもしれない？」

「あ、いや、違うよ」

笑って答えたけれど、どうも永春さんには何か思いあたる節《ふし》があるようだ。

でも、本人が違うって言ってるのだから、きっと今は追及されたくないんだろう。そのうちハズムがいない時にでも聞いてみよう。

「とにかく、洋介には伝えたほうがいいだろう」

永春さんは気を取りなおしたように、自分のグラスを手に取った。

「僕も久しぶりに洋介に会いたいし。連絡してみるよ」

「そう？　ごめんね、永春さん」

「実乃が謝ることはないだろ」

いつものように、永春さんは私の頭を軽く小突《こづ》いた。

嬉《うれ》しくて笑っていると、ハズムが露骨にこちらを見る。馬鹿《ばか》にしてるような冷たい目で見られた気がして、私は内心うろたえてしまった。

3

夕飯のあと、テレビの前でごろごろしていたら、突然誰《だれ》かに後頭部を蹴《け》られた。

「てっ」

「あら、ごめんなさい。そんな所《とこ》でウダウダしてるからよ」

転《ころ》がったまま見あげると、白いお面みたいなパックを貼《は》ったお姉ちゃんが後ろを通ったところだった。絶対わざとに決まってる。

文句を言ってやろうと思ったがやめておいた。それでなくても、花乃《かの》姉ちゃんは機嫌が悪い。これ以上刺激すると、自分が怪我《けが》することになりそうだ。

お風呂あがりの花乃ちゃんは、バスローブ姿で鏡の前に座った。持ってきたボディミルクを、楽しそうに腕や足に塗《ぬ》りつける。シャンプーの匂《にお》いが私の鼻をくすぐった。

「一日何回お風呂入ってるのよ」

私は半分呆《あき》れて、花乃ちゃんのツルツルの手足を眺《なが》めた。

「何回入ったって勝手でしょ。いよいよ明日だもん。ピッカピッカに磨《みが》かなきゃ」

「別に洋服脱ぐわけじゃないんだから、そこまですることないんじゃない?」

何気なく言うと、畳に頬杖《ほおづえ》ついた私の顔を花乃ちゃんが爪先《つまさき》でつっついた。

「バカ言うんじゃないわよ。憧《あこが》れの洋介《ようすけ》に会えるのよ。一世一代の晴れ姿で行かないでどうする」

明日、私達は黒木《くろき》洋介に会いにいくのだ。洋介の大ファンの花乃ちゃんは、何日も前から気が狂ったようにパックやらトリートメントをしている。

「洋介は芸能界できれいな女の子、くさるほど見てるんだよ。花乃ちゃんなんかが着飾ったって屁《へ》とも思わないよ」

軽い気持ちで言ったとたん、頭をイヤというほど叩《たた》かれた。

「いたっ！」

「これ以上私を怒らせたら、首絞《し》めるからね」

立て膝《ひざ》ですごまれて私は口をつぐんだ。

「だいたいね、実乃もお父さんも、そこまで底意地が悪いとは思わなかったわよ。私が洋介のファンだって知っていながら黙ってたなんて」

ああ、またはじまった。私はうんざりして畳《たたみ》に転がった。

「永春《えいしゅん》さんは洋介の同級生で、お父さんは洋介のお父さんとずっと銀行で同僚だったなんて。どうしてそういうことを黙っていられるわけ？　意地悪して言わなかったとしか思えない。だから、頭くる」

「だから、ごめんって」

「謝るぐらいなら、最初っから正直に言えばいいじゃない」

どう謝っても彼女の怒りはおさまらないようだ。だが、これでもまだ一時よりは落ち着いたのだ。

隠すならちゃんと隠しておけばいいのに、お父さんが洋介と会う時間と場所を、店の黒板にうっかり書いちゃって、それを花乃ちゃんが見つけて大騒ぎになった。

花乃ちゃんに責められて、お父さんはあっさり口を割った。適当にごまかしておけばいいのに正直に全部言っちゃったものだから、花乃ちゃんの怒りが爆発したのだ。

知ってしまったからには、花乃ちゃんはもう絶対一緒に行くと言ってきかなかった。遊びに行くわけじゃねえんだぞってお父さんが怒鳴っても、そんなことでへコたれるお姉ちゃんじゃない。

まあ、テレビの中の憧れのスターが意外と近くにいるって分かれば、そりゃ会いたいに決まってるか。

洋介のファンじゃない私だって、明日のこと考えるとちょっとウキウキしてしまう。

実際、黒木洋介は本当のスターだった。

永春さんの同級生だっていうし、父親同士も知りあいだから、私は勝手に親近感みたいなのを持っていたら、それはとんでもないまちがいだった。

というのは永春さんが洋介の事務所に、高校の時の同級生ですって電話したら「そういう電話が毎日何本もあるんですよね」って、あっさり切られてしまったのだ。しようがないから洋介の実家に電話してみたら「本当に同級生ですか？」って疑われて、結局、洋介の連絡先は教えてもらえなかった。

それでも、永春さんの名前だけは洋介に伝えてくれたようで、何日かたってから洋介本人から永春さんに電話がかかってきたそうだ。

知りあいなんだからすぐ連絡が取れると思ってたのは甘かった。スターになると、こんなにガードが固いものだったのだ。

「洋介、もうホテルに着いたかなあ」

鏡に向かって顔のパックをはがしながら、花乃ちゃんが嬉《うれ》しそうに言った。

「さあね」

「ね、実乃。電話してみようか」

「取り次いでくれるわけないじゃん」

私の返事に、お姉ちゃんはつまらなそうに肩をすくめた。

黒木洋介は、今晩、私達の町にやって来る。でもそれは、極秘中の極秘だそうだ。

ひとつ隣の駅前に広がる町は、市内で一番大きな町だ。そこにはデパートやらホテルもいくつかある。洋介がコンサートを行う市民ホールもそこにあるのだ。

洋介のコンサートは来週だ。だから洋介は、一週間も早くこの町にやって来たことになる。

永春さんが電話で聞いたことには、洋介はここのところずっとハードスケジュールだったので、コンサートの一週間前に生まれ育った町に帰って来て、少しのんびり休むということだった。

どうして家があるのにホテルに泊まるんだろうって永春さんに聞いたら、実家にいるのをファンの子達に見つかったら、近所に迷惑がかかるからだろうって教えてくれた。すごい。スターになると家にも帰れないのか。

「実乃、ほら、見て見て。洋介出てるわよ」

花乃ちゃんの黄色い声に、私はのっそり起きあがる。テレビの画面に、金色のハタキみたいな頭をした洋介が映っていた。本人は、そろそろこの町に着いた頃だからビデオなんだろう。

「あー、この人に明日会えるのね」

うっとりしている花乃ちゃんの横で、私も膝《ひざ》を抱《かか》えて画面を見た。

どぎつい化粧をした洋介が、マイクに向かってかすれた声で歌っている。

いつもはそんなこと思わないのに、私はなんだか洋介がかわいそうになってしまった。

そして翌日。

黒木洋介見学ツアーは、私、花乃ちゃん、お父さん、ハズム、そして永春さんの五名様ご一行になった。

「ね、永春さん。こんな大勢で行ったら、気を悪くするんじゃないかなあ」

集まった面々を見て私は心配になってきた。だって、黒木洋介ってテレビで見る限りではかなり神経質そうだ。知らない人間がワラワラやってきたら不愉快にさせてしまいそうだ。

「平気じゃない。ああ見えても気さくな奴《やつ》だからさ」

そりゃ、高校に通《かよ》ってた頃は気さくだったかもしれないけど、今や名実ともにスターなんだから、永春さんのことは懐かしく思っても、私達みたいな知らない人間なんかには会いたくないに決まってる。

本当は、洋介にこの前の変な女の人の話を伝えに行くだけなんだから、永春さんとお父さんだけで充分なんだろう。

花乃ちゃんなんか邪魔《じゃま》しに行くようなもんだし、ハズムだって別に呼んだ覚えはない。よく考えてみれば、私だって行く必要はないんだよな。

そこまで考えて、私は自分の着ている洋服を見おろした。

花乃ちゃんに借りたマドラスチェックのワンピース。最初は普段着で行けばいいやと思ってたのに、いざとなるとやっぱりお洒落《しゃれ》してしまった。

なんだかんだ言っても、私はやっぱり黒木洋介に会ってみたくて、その上かなり緊張《きんちょう》してるみたいだ。ミーハーなのは私も一緒か。

「それにしても、花乃ちゃんはきれいに飾《かざ》ったなあ」

「うへへ。そお？」

永春さんに感心されて、花乃ちゃんはスカートの裾《すそ》を広げてくるりと回った。シフォンのブラウスと真っ白なフレアースカートは、今、彼女のワードローブの中でダントツ一位を誇《ほこ》るお気に入りだ。

昨日、私は屁だなんて言ったけど、着飾った花乃ちゃんは内心びっくりするほどきれいだった。

「花乃さん、洋介にみそめられたらどうする？」

からかうようにハズムが言うと、花乃ちゃんは大真面目《おおまじめ》に頷《うなず》く。

「まかせて。心の準備はできてるわ」

「アホぬかせ。俺《おれ》は許さんぞ」

「どうして？　お父さん、娘の幸せを邪魔する気？」

「あんな奴に大事な娘がまかせられるか」

「ひどーい。駆《か》け落ちしてやる」

ありもしないことで喧嘩《けんか》しているふたりに、私は呆《あき》れて口を挟《はさ》んだ。

「バカなこと言ってないで、そろそろ行こうよ」

「そうだな。約束に遅れちゃ悪いしな」

煙草《たばこ》を灰皿に押しつけて、お父さんがギクシャクと立ちあがる。その緊張した背中を見て、私は思わず吹きだした。

洋介のことをあんな奴とか言ってるくせに、今日のお父さんは珍しくネクタイなんか締《し》めている。

さっき、鞄《かばん》の中に色紙とサインペンを入れていたし、嬉しいなら嬉しいって顔すればいいのに、素直になれないところが私とそっくりだ。

私達は店を出て、ぞろぞろと駅への道を歩いた。知りあいの人とすれちがうたびに、

「結婚式かなんかですか？」って聞かれて、私達は苦笑《にがわら》いでごまかした。

とはいっても着飾ってるのは、私と花乃ちゃんとお父さんの三人だけで、ハズムと永春さんは普通にジーンズなんかはいている。

ひと駅だけ電車に乗って、私達は隣の町におり立った。駅前から続くショッピングセンターを抜けて、私達は市内で一番大きなホテルの前にやって来た。

永春さんのあとに続いてガラスの回転扉を入ると、私は思わず「うわあ」と声を洩《も》らしてしまった。だだっ広いホールは見あげるほど天井が高く、壁も床も顔が映りそうにピカ

ピカ光っていた。

向かって右にフロントがあり、左にはエレベーターの扉がいくつも並んでいた。中央には、中二階のカフェへあがる階段がゆるやかに半円を描いている。

「すごいね、永春さん」

私は感動して永春さんの袖《そで》を引く。さすがに大人の永春さんは「そうだね」と余裕で微笑《ほほえ》んだ。

雰囲気《ふんいき》にそぐわない集団が入って来たと思ったのか、制服姿のベルボーイが近づいてきた。

永春さんが黒木洋介に会いに来たことを告げると、彼は少々お待ちくださいとフロントへ向かった。

「ワンピース着てきてよかった」

思わず私は呟《つぶや》く。いつもの汚いショートパンツ姿だったら恥《は》ずかしくていられなかっただろう。

「俺もネクタイしてきてよかった」

横でお父さんもそう呟く。

「こちらへどうぞ」

さきほどのベルボーイが戻ってきて、奥へ向かう廊下へ私達を案内した。

エレベーターの脇《わき》を抜けて歩いて行く彼に私達は続いた。

「エレベーター乗らないのかな?」

こっそり永春さんに話しかけると、声が聞こえたのかベルボーイがこっちを振り返った。

「黒木さまはスイートにお泊まりになっております。スイートルームには、専用の直通エレベーターで参《まい》りますので」

そんなことも知らないのかという言い方に聞こえたのは、私のひがみなのかもしれない。でも、なんだか感じ悪い。

ふかふかの絨毯《じゅうたん》がしいてある廊下を二度ほど曲《ま》がると、わかりにくい所に一機エレベーターがあった。それに乗りこみ、私達は最上階まで上がった。エレベーターの扉が開くと正面にまっすぐ廊下が伸び、その両側に扉がふたつずつあった。

「こちらが黒木様のお部屋でございます」

右側奥の扉を掌《てのひら》で示すと、ベルボーイは失礼しますと頭をさげてエレベーターへ戻っていった。

永春さんは苦笑いを浮かべ、「さすがスターはガードが固いな」と言って、黒木の部屋の扉をノックした。

しばらくの沈黙のあと「はい」と男の人の声がする。

「永春です」

「ああ、はい」

鍵《かぎ》が外《はず》される音がして、私達は固唾《かたず》を呑《の》んだ。

ゆっくり扉が開き、部屋の中から顔を出した男の人を見て、私は肩から力が抜けてしまった。

付き人なのかマネージャーなのか、短い髪をして、くたびれたシャツを着た男の人は永春さんを見て笑った。

「よお、ひさしぶり」

「本当に。何年ぶりだ？」

え？

ふたりの会話を聞いて、私は目を見開いた。

「く、黒木洋介？」

思わず指差してしまった私に、彼は顔を向けた。

「やあ、はじめまして。黒木洋介です」

差しだされた手を、私は仰天《ぎょうてん》しながらそろそろ握り返した。

本人が「黒木洋介です」と名のっても、私はまだ目の前にいる普通の兄ちゃんが、あの黒木洋介だって実感が湧《わ》かなかった。

私達は広いスイートルームの中へ通され、ものすごい座り心地のいいソファに座らされた。キョロキョロしたら失礼だとは思いつつも、どうしてもあちこちに視線がいってしまう。半分開いた隣のドアは寝室のようだ。じゃあ、逆のドアはバスとかトイレかな。それにしても広いなあ。一泊いくらぐらいするんだろう。

この絵にかいたようなスイートルームの主は、どこにでも歩いていそうな普通の男の人だった。テレビに出ている黒木洋介は、金色の長髪をさかさに立たせ、紫《むらさき》の口紅を塗《ぬ》り、ふてくされたように歌っている。でも今、目の前にいる男の人はそうじゃなかった。

「へえ、便利屋さんなんですか。あ、脱サラしたばっかり？　大変ですね。でも楽しそうな商売だなあ」

お父さんがギクシャクと名刺を出すと、彼は笑って社交辞令なんかを言っている。

「……ね、花乃ちゃん。あの長い金髪ってカツラだったのかな……」

隣に座った花乃ちゃんにこっそり話しかけると、彼女は口を半分開けたまま「さあ……」と呟いた。ハズムが口の端《はし》っこで笑って私にこっそり顔を寄せる。

「花乃さん、ショック受けてんじゃないの？」

「そうだろうね」

花乃ちゃんは、あまりのショックに放心してしまったようだ。

「それで、女の子ふたりが豹助《ひょうすけ》さんの娘さん。上が花乃ちゃんで、下が実乃ちゃん。男の子はハズム君っていって実乃のボーイフレンド」

永春さんが洋介に紹介をはじめたので、私達はあわてて背筋を伸ばした。ハズムはボーイフレンドなんかじゃないって訂正しようとしたとたん、花乃ちゃんが口を開いた。

「あ、あの。私、デビューの頃から洋介さんのファンなんです」

「あ、本当に？」

洋介は花乃ちゃんに顔を向けて、人のよさそうな笑顔を浮かべた。

「は、はい。あの、CDもビデオも全部持ってますし、ファンクラブにも入ってるんです。テレビに出たのは、ほとんど録画してるんです」

あの図々しい花乃ちゃんの声がうわずっている。

「それは嬉《うれ》しいな。じゃあ、本物見てガッカリしたでしょう」

「そんなことありません」

ムキになる花乃ちゃんの顔を、洋介はおもしろそうに眺めた。

「ありがとう。花乃ちゃん、だったよね？　これからもよろしくな」

そう真面目《まじめ》に言われて、花乃ちゃんの顔がみるみる真っ赤になっていく。

赤くなったお姉ちゃんを見たのなんか初めてで、私はびっくりしてしまった。

「じゃあ、お茶でもいれましょう。コーヒーでいいですか？」

みんなの紹介が終わると、洋介はソファから立ちあがった。

「そ、そんな洋介さんにお茶なんかいれてもらったら、バチがあたります」

「そうですよっ。ほれ、花乃、実乃。座ってないでおまえらがやらんかい」

おろおろと立ちあがったのは、お姉ちゃんとお父さんだった。洋介はクスクス笑うと、

「僕だってお茶ぐらいいれられますよ。お客さんは座っててください」と言った。

「じゃ、じゃあ、お手伝いします」

「ありがとう、花乃ちゃん」

頬《ほお》を上気させたお姉ちゃんは、洋介に続いて部屋の一角にある小さなキッチンへ向かった。

楽しそうにお茶の用意をするふたりの背中を、私は感心して眺めた。

「……ねえ、永春さん」

私は小声で永春さんに話しかける。

「ん?」

「洋介さんって普通の人だね」

「何言ってんだ。あたりまえだろ」

笑われてしまって、私は唇《くちびる》を尖《とが》らせる。

だってさ、あんな格好でテレビ出てんだもん。どんな人かと思うじゃないのよ。

お盆に人数分のカップをのせて、洋介と花乃ちゃんが戻ってきた。テーブルにカップを並べる彼の顔を、私は無遠慮《ぶえんりょ》にじろじろ見てしまった。

よく見ると、確かにテレビで見る黒木洋介の顔だった。けれど、化粧を落とした素顔じゃ、よっぽど鋭い人じゃないと洋介だって気がつかないだろう。

「顔になんかついてる？　実乃ちゃん」

急に彼の笑顔がこちらに向けられた。私は目をパチクリしてからおもむろに赤くなる。

「……すみません。じろじろ見て」

「いいよ、そんなの。テレビと違うなあって思ってたんだろ」

洋介があんまりさばけた笑顔を見せるので、私はつい聞いてしまった。

「あの立たせてる金髪は、カツラなんですか？」

聞いたとたん、横にいた花乃ちゃんから腕をつねられ、前にいるお父さんに足をギュッと踏まれた。ふたりとも「失礼なこと聞くんじゃない」って顔で私を睨《にら》んでいる。

そこで洋介が吹きだした。

「いやはや、すみませんね。まだ子供なもんで」

お父さんは赤くなった広い額《ひたい》に、ハンカチをあてて洋介に謝る。

「やだなあ、いいんですよ。誰だって聞きたくなるのはあたりまえだから」

彼はおもしろくってしかたないという顔をした。

「ファンの人の夢を壊すようなんだけど、あの髪も洋服も、みんな営業用なんですよ。俺の場合、普通の格好をするのが変装になっちゃって便利なんだけどね」

アハハと洋介が笑ったので、私達はなんだかホッとしてしまった。

「洋介さんと永春さんは、同じクラスだったんですか？」

花乃ちゃんの質問に、彼らは顔を見合わせる。

「いや、クラスは一緒になったことないな」

答えた永春さんに、私は首を傾《かし》げて聞いた。

「でも仲が良かったんでしょ？」

「ああ、まあね」

曖昧《あいまい》に笑う永春さんを助けるように、洋介が口を開く。

「クラブが一緒だったんだよ。それで親しかったんだ」

「クラブって、なんだったんですか？」

別に変な質問をしたつもりはなかったのに、彼らはまた顔を見合わせた。

「ブラバンなんだ」

「へええ、初耳。永春さんってパートなんだったの？」

「うん……トロンボーンとかね」

「花乃ちゃんと実乃ちゃんは、学校でクラブやってるんだろ？　何をやってるの？」

永春さんがごしょごしょ小声で答えていると、洋介が横から口を挟《はさ》んだ。

「私は書道とお花をやってるんです」

「へえ。花乃ちゃんは女の子らしいなあ」

「そんなことう」

おお、出たな。このぶりっ子め。一応書道部と華道部に籍《せき》はあるものの、一学期に一回ぐらいしか出ないくせに。

花乃ちゃんがクラブの話で嘘《うそ》八百を並べている間、私は永春さんの顔を見ていた。話題が変わってホッとしたように見える。

それに、何年かぶりに会ったわりには、彼らはまったく昔話をしようとしない。今だって、洋介さん、わざと話題を変えたような感じだった。

なんか、変だなあ。それとも私達がいるから、個人的な昔話は遠慮してるのかな。

座は今や花乃ちゃんオンステージになっている。みんなは、お姉ちゃんの話す学校の話に楽しそうに笑っていた。

しようがなくいれてもらったコーヒーをすすっていると、小さくノックの音が聞こえたような気がした。洋介がすばやく立ちあがる。

「やっと来たな」

独《ひと》り言《ごと》のように言うと、彼はドアに向かって歩きだす。

ルームサービスで食べるものでも取ったのかな、と考えながらドアのほうを見ると、洋介が開けた扉からひとりの男の人がのそりと入ってきた。

背は洋介よりだいぶ低く、お父さんよりも太った中年のおじさんだった。夏だというのに暗い色のスーツを着ている。

「入ってよ。友達が来てるんだ、紹介するよ」

洋介に促《うなが》されて、彼は当惑した顔でこちらを見た。

その時、座っていたお父さんが突然立ちあがった。

「く、熊田《くまだ》さん」

お父さんの驚きの声に、そこにいた人全員がみなポカンと口を開けた。

「すごい偶然だなあ。親父《おやじ》と豹助さんが銀行で同僚だったなんて、全然知らなかった」

洋介は、何度もその台詞《せりふ》を繰り返した。よっぽど驚いたんだろう。

彼は洋介の隣に腰をおろすと、居心地が悪そうにもぞもぞとからだを動かした。そのあとは、うつろな目をして出されたコーヒーのカップに視線を落としていた。

洋介とお父さんが銀行の話をしても、かすかに相槌《あいづち》を打つだけで、ひと言も言葉を洩《も》らさない。

うちのお父さんの言うことは、大袈裟《おおげさ》じゃなかったようだ。ずいぶんと陰気でオドオドしている。

「熊田さんに、話のほうは聞きましたか？」

お父さんの台詞に私は顔をあげた。話題はあの女の人のことになったようだ。

「話って？」

洋介はキョトンと目を丸くした。

「洋介さんが狙《ねら》われてるかもしれないって話ですよ」

「狙われてる？　なんですか、それは」

洋介は半分笑って、うちのお父さんの顔を見た。

なあに。この熊田さんって人、自分の息子のことなのに何も言わなかったのかな。

みんなで非難のまなざしを向けると、「……今日、言おうと思って来たんだ……」彼は言い訳をするように呟《つぶや》いた。

「じゃあ、私からお話ししますよ。実はこの前、二十歳ぐらいの女の子が店に来ましてね」

熊田さんの態度に、お父さんは明らかにいらついて自分から話をはじめた。あの白いワンピースの女の人がしていった話を、お父さんはそのまま洋介に伝える。

お父さんの話を、洋介はじっと聞いていた。話が終わっても、彼はしばらくお父さんの顔を見つめたままだった。

「まあ、そういうわけなんですよ。警察に話そうかとも思ったんですが、とりあえず、熊田さんのほうへ話しておけばいいかと思いましてね」

つけ足すようにお父さんが言うと、洋介はゆっくり頷《うなず》いた。

「わかりました。事務所の者と相談して、警察に連絡するかどうか決めます……それにしても、その話本当なのかな」

しきりに首を傾げる洋介に、花乃ちゃんが心配そうに言った。

「洋介さん、気をつけてくださいね」

「ありがとう。まあ、ホテルにいる分には心配はないだろうし、コンサートの時も警備はちゃんとしてるから。それに、俺は人から怨《うら》みをかうようなことは、した覚えはない……」

ないと言いかけて、洋介はふと口をつぐんだ。

私が「おや？」と思って見ると、彼はひとつ空咳《からせき》をする。

「その女の子は、髪が長くて左目の下に泣きぼくろがあったらしいよ。な、実乃」

永春さんが、その女の人の話をはじめたので私はあわてて頷いた。

「うん。色が白くて、目がパッチリしたかわいい感じの人」

それを聞いて、洋介の表情が微妙に変わったが、あっという間にまた人なつっこい表情に戻った。

「ふうん、かわいかったのか。直接、来てくれればよかったのにな」

冗談めかして言う洋介に、それまで黙って座っていたハズムが口を開いた。

「知ってる人なんですか？」

単刀直入に聞かれて、洋介はやや口ごもって言った。

「いや、全然見当つかないけど……どうして？」

「別に、なんとなく」

そっけなく言い返すと、ハズムはコーヒーを飲み干す。

その時、さりげなくだったけど、永春さんと洋介が目をあわせたのを私は発見してしまった。

うーん。このふたり、心あたりがあるんじゃないのかな。きっと、そのことにハズムも気がついたんだろう。

よし、今度永春さんとふたりになった時に追及してやる。

なんとなく気まずい空気が流れてきたなって思った時、突然、ドアが乱暴にノックされた。

さっき、洋介のお父さんがしたノックの十倍は大きな音だった。洋介は露骨《ろこつ》に顔をしかめてゆっくり立ちあがる。彼がドアのロックを外すまで、ドアの外の誰かは大きな音を何度もたてた。

「静かにしてくれないか」

「うるさいと思ったら、早くドアを開けろ」

文句を言いながら入ってきた男は、ソファに座った私達を見て鼻の上に皺《しわ》を寄せた。

「おい、洋介。勝手に人を呼ぶなって言ったろ」

挨拶《あいさつ》もなにもあったもんじゃない。いきなり彼は吐《は》きすてるように言った。

細いからだに真っ赤な開襟《かいきん》シャツを着た男は、まるで映画に出てくるチンピラみたいだった。髪がオールバックだから一瞬中年に見えたけど、よく見るとまだ若そうだ。

「小野《おの》さん。お客さんの前でやめてくれ」

「やめてくれだと？　じゃあ勝手に客を呼ぶのをやめろよ」

「誰と会おうと、俺の勝手だろ」

「おまえに勝手なんかないよ」

洋介がいらだった声をだしても、男はふてぶてしく言い返した。

「お、なんだ。クマさんだったのか」

男は洋介のお父さんを見つけると、親しげに肩をポンと叩《たた》いた。熊田さんはオドオドと男を見あげ、何も言わずにまたうつむいてしまう。

「あいかわらずだな。息子のマネージャーにぐらい愛想良くしたらどうだ？」

マネージャー？　この柄の悪い人が洋介のマネージャーなのか。

「小野さん。用がないなら出てってくれよ」

洋介は男の腕をぐいとつかんで睨《にら》みつけた。小野と呼ばれた男は、口の中でけっと笑うと、私達のほうへ顔を向ける。

「いいか、ガキども。学校へ行って、あることないこと言いふらすんじゃねえぞ」

男はそう言い捨てて、入って来た時のように乱暴にドアを開けて出て行った。

扉が閉まったとたん、花乃ちゃんが拳《こぶし》を握って声をあげた。

「ガキどもって私達のこと？　失礼しちゃう」

私はガキどもって呼ばれたことより、洋介とマネージャーの仲が険悪《けんあく》なことに驚いていた。よくあんな態度でマネージャーが務《つと》まるなあ。それとも、業界《ぎょうかい》の人ってみんなああなのかしら。

「花乃ちゃん、ごめんな。申し訳ない」

洋介に謝られて、花乃ちゃんは拳を下ろした。

「いえ、あの……」

「みなさんも、嫌なところを見せちゃってすみませんでした」

洋介に頭を下げられてしまって、私達はみんな困ってしまった。そりゃ、嫌な感じだったけれど、洋介に謝ってもらってもしようがない。

「いや、まあ、図々しく長居した私達も悪いんですから。さ、そろそろ引きあげようか」

「そうだな。じゃあ、洋介。今日はこれで帰るよ。僕はまた顔出すから」

永春さんが立ちあがったので、私達もつられて腰をあげる。すると、洋介はあわてて私達を引き止めた。

「まだいいじゃないか。一時間もたってないぞ」

「でも、迷惑かけちゃうみたいだしさ」

永春さんが、暗にマネージャーのことを言っても、洋介さんは引かなかった。

「小野さんだったら、もう来ないよ。それより、もう少し話していってくれないか。こんなこと言うのも変だけど、業界の人じゃない普通の人と話すのはひさしぶりなんだ」

そう言われてしまうと、私達もどうしていいかわからない。もじもじしていると、まだ帰りたくない花乃ちゃんが、明るくパチンと手を叩いた。

「じゃあ、私、お茶いれかえますね。それいただいたら帰ります」

「ああ、そうだね。花乃ちゃん、ありがとう」

ふたりがお茶をいれに行ったので、私達は仕方なく上げた腰を下ろした。

今度はコーヒーではなく、紅茶が並べられた。すると、熊田さんがボソッと口を開く。

「……洋介、私はもう帰るよ」

「何言ってんだよ。みんなと一緒に帰ればいいだろ。どうせ家へ帰ってもすることないんだから。ゆっくりしてけよ」

息子に明るく言われて、クマさんはしぶしぶソファにからだを埋《うず》めた。まるいからだを縮めている姿は、気の弱い熊のプーのようだ。

あったかいお茶をすすりながら、洋介の話を聞いていると、しらけた空気は知らない間にどこかへ消えてしまった。

洋介は、とても聞き上手だった。自分のことはあまり話さず、うちのお父さんや花乃ちゃんに仕事のことや学校のことを質問した。

ふたりとも話好きだから、事実を多少大袈裟《おおげさ》に話して場を盛りあげる。そこに洋介さんが冗談を挟んで、場はすごく和《なご》やかになった。

ずっと無表情だったハズムでさえ、ちょっと笑ったりしている。

ふうん、と私は思った。

黒木洋介って、テレビとはまるで逆の性格なんだな。

私はお茶を飲みながら、洋介のお父さんをチラチラ見た。

みんなが笑うと彼も仕方なさそうにちょっと口の端《はし》っこを歪《ゆが》めている。でも目が笑ってない。

息子は今をときめくロックスターで、父親は卑屈《ひくつ》な目をした銀行員。

親子でこうも違うもんかなあって眺めていた時、私は熊田さんの額が汗《あせ》でびっしょり濡《ぬ》れていることに気がついた。部屋はかなり冷房が効いている。それに、さっきまでは別に汗なんかかいてなかった。不思議に思っているうちに、熊田さんがからだをふたつに折って小さく唸《うな》りだした。

「おじさん？　具合悪いの？」

びっくりして声をかけると、みんなが何事かとこちらを向いた。

「洋介さんっ、おじさんが」

小さく唸っていた彼は「腹が痛い」と蚊《か》の鳴くような声を出した。

「親父？　どうしたんだよ」

「大丈夫ですか？　どのへんが痛いんです？」

「医者呼んだほうがいいんじゃねえか」

男の人達が熊おじさんのまわりでオロオロしているのを見ているうちに、嘘みたいだけど私のおなかも痛くなってきてしまった。

「実乃」

「え？」

横に立っていた花乃ちゃんが、そっと私に耳打ちする。

「なんだか、私もおなか痛いみたい。トイレどこかな？」

「ええ？　花乃ちゃんも？」

「実乃も？」

先に行かれちゃ困るとばかりに、花乃ちゃんは洗面所らしきドアへダッシュした。

「あ、ずるい。私も一緒に」

花乃ちゃんを追いかけようとしたとたん、おなかの真ん中に激痛が走った。私はそこへヘタヘタと座りこむ。

おなかの痛みとものすごい吐《は》き気に、私はこらえきれずに目をつぶった。

「お、お父さん」

やっとの思いで目を開けると、そこにいた人全員がおなかを押さえて唸っている。

永春さんも、お父さんも、ハズムも、それぞれ苦しそうにからだを折っていた。

なに？　何が起こったの？

クラクラする視界の中に、洋介さんが電話に飛びついたのが見えた。

絶対おかしい。全員が腹痛で倒れるなんて。

まさか、毒《どく》でも入ってたのかな。

強烈な腹痛と不安が襲ってきて、私はとうとう気が遠くなってしまった。

4

ドヤドヤと救急隊の人が部屋へ入って来て、私達は全員担架《たんか》に乗せられた。

生まれて初めて救急車に乗せられて、病院に担《かつ》ぎこまれた。だが、病院のベッドでおとなしく横になっている暇《ひま》はなく、私達は競《きそ》うようにトイレへ通《かよ》った。

「ただの下痢《げり》みたいですね」

夕方までトイレへ通って、やっと少し落ち着いた私達にお医者さんはケロリとそう言った。

まだ少し痛むおなかを押さえて、私はお医者さんの顔を見た。

「食あたりかなんかですか？」

お父さんが不安そうに聞くと、お医者さんは椅子《いす》の背をギーギーいわせて、カルテを眺《なが》める。

「下剤《げざい》のようだね」

「えっ？」

「伝染病だとまずいから、血液のほうも調べたんだけどね。下剤を飲んだ形跡《けいせき》がありますな」

すっかり脱力してしまった私達は、それを聞いてポカンとした。

「軽い脱水症状になってますから、水分をとるようにしてください。明日中ぐらいは、消化のいいもの食べて休んでればよくなるでしょう。下痢が治《なお》らないようなら、また来てください」

お医者さんは淡白《たんぱく》に言うと、もうくるりと背を向けた。

もっと重病だと思ってたので、私達はすっかり肩すかしを食った気分になった。

もうお帰りになっていいですよ、と看護婦さんに病室を追いだされ、私達はロビーの椅子に腰を下ろし薬が出されるのを待った。

「本当に申し訳ありませんでした。ここは俺《おれ》のほうで払いますので」

ずっと付《つ》き添《そ》ってくれていた洋介《ようすけ》が、まるで自分のせいとばかりに頭を下げた。

「いやいや、洋介さんが悪いわけじゃないんだから」

「いえ、払わせてください。俺の部屋で起こったことだし責任感じます」

洋介さんとお父さんが話している間、私達はぐったりとソファに身を預《あず》けていた。

一応、下痢はおさまったものの、とにかく力が抜けてしまった。おなかの中がカラッポになった感じだけど、食欲もわいてこない。

「それにしても、どうして下剤なんか」

ポツンと呟《つぶや》くと、私の肩に寄りかかっていた花乃《かの》ちゃんがフウと息を吐《は》く。

「お昼に食べた残り物のカレーかしら」

私達はホテルへ行く前に、三日前に作ったカレーを食べてきた。だが、それがちょっとヤバかったとしても、下剤なんか入ってるわけない。

「でもそれ、熊田《くまだ》さんは食べてないじゃん」

「あ、そうか」

ということは、洋介の部屋に来てから口に入れたもののせいだということになる。

「洋介がお茶にでも入れたんじゃねえの」

ハズムの発言に、黙って聞いていた永春《えいしゅん》さんが立ちあがる。私と花乃ちゃんはからだを固くした。永春さんが怒ったと思ったのだ。

けれど、永春さんは表情を変えず、私達と離れて座っている熊田さんを見てから、支払いの話をしている洋介さんとうちのお父さんを眺める。

私には、永春さんも洋介さんを疑っているように見えた。

私達は全員ひどい下痢になったのに、彼だけなんともなかったのだから。洋介さんが入れたんじゃないにしても、何か思いあたる節《ふし》があるんじゃないのか。

「永春」

そこで彼が、こちらに向かってやって来た。

「聞いてほしいことがあるんだ。今からちょっとホテルに来てもらっていいかな」

一緒に行こうと腰をあげた私に、彼は「豹助《ひょうすけ》さんと永春だけでいい」と冷たく言ってくれた。子供は早く帰って寝ろ、とばかりに私達三人は無理矢理タクシーに乗せられる。

「あ〜あ、さんざんだったわね」

タクシーが走りだすと、花乃ちゃんがおなかをさすって文句を言いだす。

「せっかく洋介さんに会えたのに、おなか壊すなんて」

「洋介に会ったから、下痢になったんだろ。花乃さん」

「ちょっと、ハズム君。本当に洋介さんのこと疑ってんの?」

タクシーの後部座席で、花乃ちゃんとハズムは私を挟《はさ》んで言いあった。

「あいつっきゃないじゃん」

「どうしてよ」

「洋介だけなんともなかったんだぜ。きっと、紅茶の中に下剤入れたんだ」

「でも、私も一緒にお茶いれたのよ。変なもの入れてる様子なんかなかったわよ」

「じゃあ、砂糖かミルクに入ってたんだよ」

「私は砂糖もミルクも入れなかったわよ」

「まあまあ、落ち着いて」

真ん中の私は、ふたりの肩を力なく叩《たた》いた。

「でも、洋介さんってテレビを見るのと大違いだったね」

このままじゃ険悪《けんあく》な雰囲気《ふんいき》になりそうだったので、私は明るく言って話題を変えた。

「ほんと。あんな普通の人だなんて、だまされてたわよね」

「花乃ちゃん、もうファンはやめた？」

「やめやしないわよ。思ってたよりずっといい人だったもん。でもまあ……」

お姉ちゃんは親指の爪《つめ》を噛《か》んで、しばらく言葉を捜していた。

「実物に会って話しちゃうとさ、ちょっと熱はさめたかなって感じもあるわね」

それは私も同じだった。

ファンじゃなかったけど、一応テレビの国の人だっていう憧《あこが》れは持っていた。でも、その人と実際会って話なんかしちゃうと、ああ、彼もこの世に実在している普通の人間なんだなあって思う。

今まではヨースケって呼び捨ててたけど、知りあいになっちゃうと、もうそんなふうには呼べないし。

「普通、普通って言うけどさ。普通の奴《やつ》が、仕事だからってあんな格好するか？」

「さっきから絡《から》むわね、ハズム君は」

「だって、理由もなく下剤なんか飲まされちゃ腹たつよ」

またハズムが話をむしかえす。彼は相当頭にきてるようだ。

「ハズム君、そこまで言うなら聞くけどさ。洋介さんが私達に下剤飲ませて、なんか得することがあんの？　ないでしょ」

「だけど、絶対あいつだよ」

「なんでよ、もう」

「あいつだけ、紅茶に口つけてなかったぜ。気がつかなかった？」

それを聞いて、私はハズムのほうを見る。

「それ本当？」

「うん。どうして飲まないのかなって思ってたんだ」

花乃ちゃんとハズムがふたりとも黙ってしまったので、車の中は静かになった。

窓の外を流れる街灯を見ながら、私は考える。

ハズムが、洋介さんを疑うのは当然だ。

どう考えたって、洋介さんの部屋で口にした物の中に下剤が入っていたんだろうし、その上洋介さんだけがそれを飲まなかったんだから。

でもそうなると、花乃ちゃんの言うように、なんで私達が下剤なんか飲まされなきゃなんないのか分からない。

絶対なんかある。

だから、洋介さんはお父さんと永春さんを引き止めたんだろう。

そこまで考えていくと、私もだんだん腹がたってきた。そりゃ私達は子供だけど、同じように変な物飲まされて痛い思いをしたのだ。

私にだって、事情を聞く権利はあるんじゃないのかな。


お父さんが帰って来たのは、日付が変わってからだった。

花乃ちゃんはさっさと寝てしまったけど、私は意地でも話を聞いてやろうと、お父さんが帰ってくるのを待っていた。

「遅かったじゃない」

パジャマ姿で台所の椅子《いす》に座っている私を見て、お父さんはちょっと怯《ひる》んだ様子を見せた。

「なんだ、まだ起きてたのかよ。腹の具合はどうだ?」

「もうだいぶいいよ。お父さんは?」

「ああ、治ってきたら腹が減ったな」

「お茶づけでも食べる?」

ネクタイをほどきながら、お父さんはこちらを横目で見た。

「いいよ。もう遅いから。実乃も早く寝な」

「やだよ」

「やだじゃない」

「洋介さんの話、教えてくれるまで寝ない」

頑固《がんこ》に言う私を見て、お父さんは耳の後ろをかいた。

「頼むよ、実乃《みの》サン。今日のことは、夢だと思って忘れてくださいよ」

「夢にしちゃあ、ずいぶん痛かったなあ」

「だからさあ。大人を困らせるなって」

ふだんのお父さんだったら「うるせい、ガキはとっとと寝やがれ」と怒鳴ってるだろう。それが、今日はふにゃっふにゃ困った顔なんかしている。きっと、内心は話したくってウズウズしているに違いない。

「ちゃんと話してくれなきゃ、いざっていう時、協力してやらないから」

それを聞いて、お父さんはさらに困った顔をした。

ふうん。いざっていうことがあるような物騒《ぶっそう》な話だったのか。お父さんって隠しごとができない人だなあ。

「わかったよ。話してやっから、お茶づけでも作ってくれ」

ほどいたネクタイを放って、お父さんは椅子に腰を下ろした。

私はいそいそと冷飯を茶碗によそう。その上にお茶づけの袋を開けた。

「それで犯人は誰？」

お茶碗にお湯を注ぎながら半分ふざけてそう聞くと、お父さんは溜《た》め息まじりにこう言った。

「あの、マネージャー」

ポットの頭を指で押しながら私は振り返る。視線を外《はず》した隙《すき》に、お茶碗の縁《ふち》ぎりぎりまでお湯が入ってしまった。

「あちち」

「馬鹿。気をつけな」

「だって、マネージャーって、あの失礼千万な？」

「そう。あの失礼千万な」

私はお湯のいっぱい入ったお茶碗を、そろそろとお父さんの前に置いた。

「それ、どういうことなの？」

箸《はし》を渡しながら聞くと、お父さんはお茶碗と箸を持ってお茶づけを食べだした。早く聞きたいのに、お父さんの口は食べることに専念《せんねん》してしまっている。私はテーブルに肘《ひじ》をついて、いらいらとお父さんの顔を見た。

「人が食ってんの、じろじろ見んな」

「じゃあ早く教えてよ。どうして、マネージャーが私達に下剤なんか飲ませたの？」

「マネージャーが下剤を飲ませたかったのは、熊田と洋介さんだけだったんだ。俺達はたまたまそこにいあわせたもんだから、ついでに飲まされちゃったってわけ」

「え〜？　どういうこと？」

テーブルに乗りだすと、お父さんは茶碗を傾けて最後のご飯をかきこんだ。ゲプッと息を吐《は》くと箸と茶碗を置く。

「お茶くれ」

「話してから」

チッと舌打《したう》ちして、お父さんもテーブルに肘をつく。私達はギャングの内緒《ないしょ》話みたいに顔をよせあった。

「洋介さんの言うことにはな」

「うんうん」

「あのマネージャーが、熊田を狙《ねら》ってるって言うんだ」

「ええ？」

誰も聞いちゃいないのに、お父さんはキョロキョロ首を動かして人差し指を立てた。

「どうしてマネージャーが、洋介さんのお父さんを狙うのよ」

「それがだな。洋介さんとマネージャーは、あの通り折りあいが悪いだろ。まあデビュー当時は我慢もしたが、洋介さんもそろそろあのマネージャーと離れたいそうなんだ。それで、事務所から独立したいって話をした」

「事務所にしてみりゃ洋介さんはドル箱だ。そこでマネージャーが反省して態度を改めりゃいいものの、マネージャーはあの通りの性格だから、反省するどころか脅《おど》しにかかってきたんだってよ」

「脅し？」

「おう。もし独立なんかしたら、親父《おやじ》がどうなるかわからねえぞって」

時代劇の悪代官みたいな顔をして、お父さんは低く言った。

「でも、どうして洋介さんのお父さんなの？　家族は関係ないじゃない。こらしめるなら本人にすればいいのに」

お父さんは私の鼻の頭をキュッとつまんだ。

「鋭そうに見えても、やっぱり実乃サンは子供だね。黒木《くろき》洋介は大事な商品だぜ。傷なんかつけちゃ大変だろ」

「あ、そうか」

「でも、洋介さんはそれを本気にしなかった。あのマネージャーは、口先だけで生きてるような男だから、ただの脅しだと思ったそうだ」

「…………」

「そしたらだ。今日、父親が部屋に来ることをうっかり洋介はマネージャーに話してしまった。それで、この通り全員病院送りだよ」

「でも、マネージャーはいつお茶に下剤を入れたの？　部屋にいたのはほんのちょっとだったし、みんなでマネージャーのこと見てたじゃん」

「そうだろ。俺もそこでそう聞いたんだ。親子だよなあ」

「変なことで感心してないでよ。それで？」

私はテーブルを叩いて続きをせかす。

「俺達が病院に運ばれてから、洋介さんは思い出したそうなんだ。朝、マネージャーが部屋にきて、キッチンの所で何かコソコソしてたそうなんだよ。コーヒーを飲んだ時は平気だったんだから、きっと紅茶の葉っぱにでも下剤を入れといたんじゃないかって」

お父さんと私はテーブルを挟《はさ》んで見つめあった。しばしの沈黙のあと、私は口を開く。

「洋介さんがそう言ったの？」

「おう。それでな、洋介さんが言うには、脅しが口先だけじゃないことを分からせるために、命に別状のない下剤を飲ませて警告したんじゃないかっていうわけよ。それを、俺達もついでに飲まされちゃったんだよなあ」

身を乗りだしてくるお父さんと反対に、私はからだを起こして椅子の背によりかかった。

別に疑っているわけじゃないけど、マネージャーが下剤を入れているところを洋介さんが目撃したわけでもなさそうだ。

どうも、洋介さんが推測だけでものを言っているような気がして、私は気に入らなかった。それに、どうして彼だけお茶を飲まなかったのだろう。実は、気がついて私達だけに飲ませたんじゃないのかな。

そこまで考えて、私はハッとした。ハズムの影響か、私まで洋介さんのこと本気で疑ってしまっている。

「でさ、ここからが本題」

すっかり調子に乗って、お父さんはしゃべり続ける。

「洋介さんにしてみりゃ、自分の父親がいつ危険な目にあわされるか心配でしようがないわけだ。かといって、証拠もないのに警察に行って大事《おおごと》にしちゃまずいだろ。なんせスターなんだからさ」

「…………」

「で、洋介さんが言うには『豹助さんを男と見こんでひとつお願いがあります』ってもんだ」

「なにそれ？」

芝居がかったお父さんの台詞《せりふ》に、私は眉《まゆ》をしかめる。

「自分がずっと父親を見張っているのは無理だから、この町にいる間だけでも父親のボディガードをしてくれませんかって頼まれたんだ」

「ボディガード？」

私は思わず聞き返す。

「そ。明日から熊田のボディガードがお仕事だ」

「引き受けたの？」

「断れるかい。そりゃ、俺はあの気の小さいクマ公が嫌いだよ。でも、息子は父親思いのいい子じゃねえか。それにちゃんとした依頼だ。うちは便利屋なんだから引き受けるのが筋《すじ》ってもんだろ」

私は、お父さんの得意気な顔を複雑な気持ちで見た。

知らない女の子は黒木洋介のボディガードを頼みに来たけれど、結局守るのは洋介さんの父親になってしまったようだ。なんだか変なことになってきたなと思った。


翌朝、私は朝ご飯を食べたあと、さっそくお寺へ向かった。

親戚《しんせき》のおばちゃんが送ってくれた葡萄《ぶどう》を手土産《てみやげ》に、私は石段をあがる。午前十時の太陽は、まだそんなにギラギラ照りつけていない。かすかに吹く風も涼《すず》しく感じた。

砂利《じゃり》がしいてある境内《けいだい》を歩いていくと、本堂の中が見えた。爪先《つまさき》立って覗《のぞ》き見ると、錦《にしき》の幕に顔を隠した観音《かんのん》様がいるだけで人の姿はない。

あんまり静かなので、お堂の階段もついそろりそろりとのぼってしまった。音を立てないように上まで上がると、観音様の左奥に腰を下ろした永春さんの後ろ姿が見えた。小さな文机《ふみづくえ》に向かって、彼は墨《すみ》をすっていた。机の横の戸は左右に大きく開け放たれていたので、永春さんの向こうに燃えるような緑が見えた。

あんまりその様子がきれいだったので、私は声をかけるのがもったいなくなってしまった。お堂の入り口に立ったまま、ぼんやり永春さんの後ろ姿を見ていると、ふと彼がこちらに顔を向けた。

「なんだ、実乃か」

「……あ、うん」

「気がつかなかったな。いつからいたの？」

私はもじもじと爪先を動かす。黙って見ていたことに気づかれて、なんだか恥《は》ずかしくなった。

「そんな所にいないで、こっちへおいでよ」

「ううん。甲府《こうふ》のおばちゃんからマスカット送ってもらったの。おすそわけに持ってきただけだから」

永春さんはにっこり笑って、持っていた墨を置く。

「ありがとう。じゃあ、一緒に食べようか」

「でも、お仕事中なんでしょう。邪魔しちゃ悪いから」

「いいんだよ。写経《しゃきょう》でもしようと思ってただけだから。立ってないで、おいでよ」

永春さんは、いつもそういうやさしい言い方をする。だから迷惑だと知りつつ、つい甘えてしまうのだ。

お堂をつっ切り、永春さんのそばに腰を下ろすと、すったばかりの墨の匂《にお》いがした。彼が机の上に広げてあった経本を片づけてくれたので、私はそこに葡萄の袋を置いた。

「おいしそうだな」

「洗ってあるから、このままどうぞ」

永春さんはひと粒《つぶ》葡萄を房から取ると、ゆっくりそれを口に運んだ。彼の口の中に、うす緑の葡萄が消えていくのを私はぼんやり眺めてしまう。

男の人なのに、永春さんってきれいだ。

私の知っている男の人に、きれいな人なんか永春さん以外誰もいない。お父さんなんかハゲでデブだし、ハズムはまあまあ整った顔をしてるけどきれいって感じじゃない。

「実乃、おなかの具合はどう？」

聞かれて私は夢からさめたように目を開いた。

「うん。もう全然平気。永春さんは？」

「ああ、大丈夫。でも、ひどい目にあったな」

いい具合に話題がそっちのほうへいったので、私は話を切りだした。

「昨日の洋介さんの話、私、お父さんに聞いちゃった」

とたんに永春さんは、口に入れた葡萄を吹きそうになる。ケロリとしている私の顔を見て、彼はやれやれと溜《た》め息をついた。

「内緒だったのに」

「だってうちのお父さん、話したくてウズウズしてるんだもん。ちょっとつついたら、嬉《うれ》しそうに全部教えてくれたよ」

「豹助さんも、しようがないなあ」

仕方なさそうに笑った永春さんに、私はすかさず聞いてみた。

「それで、永春さんはどう思った？」

「どうって？」

「洋介さんの言うこと、本当だと思う？」

無表情に彼は私を見おろした。いけない。永春さんは洋介さんと友達なんだった。今の言い方は、気にさわったかもしれない。

「ごめんなさい」

何か言われる前に、私はとりあえず謝った。

「どうして謝るの。変な子だね」

よしよしとばかりに永春さんは私の頭をなでてくれた。それで、私は胸をなでおろす。

「実乃は、何か変だと思ったの？」

「う〜ん」

「怒ったりしないから言ってごらん」

葡萄をひとつつまむと、彼はそれを私に差しだした。掌《てのひら》の上にもらって、緑の玉を私はころころ転がしてみる。

「うまく言えないんだけどさ、一番引っかかるのは、洋介さんだけお茶飲まなかったってことなんだ」

永春さんはまた葡萄をつまみ、自分の口にポイと放りこんだ。

「下剤が入ってるのを知ってて飲まなかったんじゃないかな、なんて……疑っちゃ失礼だよね」

「なるほど」

マスカットの皮を口から出すと、彼はこちらに向きなおった。

「正直言って、僕もそう思ったよ」

「本当？」

「だけど、そうなると、洋介はどうして僕達や自分の父親に下剤なんか飲ませたんだろう」

そうなんだ。私もそれが不思議だった。

「洋介は、悪い奴《やつ》じゃない」

伏目《ふしめ》がちに永春さんは呟《つぶや》く。

「長いこと会ってなかったから、その間にあいつもずいぶん変わったみたいだけど、ただの悪意で他人に変な物を飲ませるような人間じゃない」

私は神妙《しんみょう》に頷《うなず》いた。古い友達がそう言うんだから、それはそうなのだろう。

「ただね」

「ん?」

「あいつはトラブルとか悩みを、人に相談するタイプじゃないんだよ。ひとりで抱《かか》えこんで、自分だけでなんとかしようとしちゃう奴だったから」

言いよどんだ彼のかわりに、私は続きの台詞《せりふ》を言ってみた。

「昨日のことも、何かせっぱつまった理由があってやったんだってこと?」

「そうだと思いたいんだけどな」

ちょっと悲しそうに永春さんは笑った。私はそっと彼から視線をそらす。

誰にも言わず自分ひとりで抱えているのは、永春さんだって同じじゃないか。

あの女の人のこと、本当は知ってるくせに、私にはどうして話してくれないのかな。私みたいな子供に言ってもしようがないって思ってるからかな。

「ねえ、永春さん。質問していい」

形のいい両方の眉《まゆ》をあげて、彼は私の顔を見る。

「いいよ。でも、なんだろう？」

「怒らない？」

「ここ六年ぐらい怒ったことないな」

にっこり笑った永春さんに、私は思いきってこう言った。

「洋介さんのボディガードを頼みに来た女の人のこと、本当は知ってるんでしょう？」

下からじっと見つめると、彼はゆっくり瞬《まばた》きをした。

「知らない人だよ」

「どうして嘘《うそ》つくの？　嘘つくんなら、絶対ばれないように嘘ついてよ」

思わず力いっぱい訴《うった》えてしまった。

他人同士なんだから、何もかも全部話してほしいなんて思わない。私が悔しいのは、秘密をチラチラ見せておいて、結局手の届かない所に隠しちゃうみたいな意地悪をするからだ。

「ごめん」

永春さんは諦《あきら》めたように目を伏せた。

「反省した？」

い。

「じゃあ、怒らないから話してごらん」

えらそうに言うと、彼は照れたようにひとつ咳《せき》をした。やっと白状する気になったらし

「した」

「たぶん、その子は高校の同級生だと思う」

「同級生？　じゃあ、洋介さんも知りあい？」

永春さんが小さく頷く。

じゃあ、あの人も二十四なのか。二十歳ぐらいかと思ってたけど、案外大人なんだ。

でも、あの女の人、元同級生なら何も便利屋に頼みにこなくても、洋介さんと連絡を取る方法があっただろうに。それとも、あまり仲良くなかったのかな。

「仲は良かったの？」

「うん、みんなブラバンでね。友達だったよ」

その言い方がどこか恥ずかしそうで、私はつい突っこんでしまった。

「ただの友達？」

聞かれて永春さんは絶句する。かすかに彼の頬《ほお》が染まっていくのを見て、私は目を見張った。

「実乃には、かなわないな」

つるりと剃《そ》った頭をなでると、彼はぼそぼそと話しだす。

「当時、洋介と僕は、ふたりともその子のことが好きだったんだ」

私は驚いて永春さんの顔を見た。

「結局、僕は失恋したんだけどね。まあ、そんなんで落ちこんでたのもあって、卒業してすぐ、僕はお山へあがったんだ」

お山へあがるっていうのは、お坊さんになるためによそのお寺へ修行に行くことだ。

「ふえ〜」

私は思わず唸《うな》ってしまった。

永春さんって、永春さんって、思ったよりずっと純情だったのね。失恋が原因で出家《しゅっけ》しちゃうなんて。

「まあ、もともと寺は継《つ》ぐつもりでいたからさ」

私の顔を見て、永春さんは小さく言い訳をした。

なるほど、永春さんと洋介さんは恋敵《こいがたき》だったのか。音信不通だったのも、久しぶりに会ったのに昔話をしないってのもそれなら納得できる。

永春さんは、そんな話をしてしまった照れを隠そうと、必死に澄《す》ました顔をしている。

私はそんな永春さんの横顔を見て、なんだか胃の底がズッシリ重くなるような気がした。

いつもひょうひょうとしている永春さんにも、好きな女の子がいて悩んだりした時期があったのかと思うと複雑だった。

暑くても汗《あせ》もかかない。何があってもカッとしたりしない。煩悩《ぼんのう》なんかすっかり超越《ちょうえつ》したような彼に、私は初めて人間臭さを見た気がした。

それは、あまり楽しくない感情だった。

私では、永春さんをうろたえさせることなんかできない。だけど、あの女の人には、永春さんを動揺させることができるのだ。

私はわりと素直に、その感情を認めることができた。これは、正真正銘の嫉妬《しっと》ってやつだ。

「じゃあ、その人は洋介さんの彼女になったんだね」

酷《こく》とも思える質問がすらりと出るのは、やっぱり嫉妬のなせる業《わざ》だ。

頷いた永春さんに、私は重ねて聞いた。

「あの女の人、どうして便利屋なんかに来たのかな。洋介さんと親しかったんなら、直接洋介さんに伝えられたと思うんだけど」

「そうなんだ。僕も変だなって思ってたんだ」

永春さんは、いじっていた着物の袖《そで》を放してこちらを見た。

「永春さん、その女の人とも音信不通なの？」

「うん。そうなんだ」

「電話してみたら?」

頭で考えていることと、まるで反対のことを言ってしまうのも、もしかして嫉妬のなせる業だろうか。本当は、昔好きだった女の子に、電話なんかしてほしくないのに。

「実を言うと、迷ってたんだ」

永春さんは小さく息を吐く。

「でも、そうだな。ことがことだし、今晩にでも電話して事情を聞いてみよう」

自分で提案したくせに、永春さんがにっこり笑うのを見て、私は何だか落ちこんでしまった。

あの女の人が、今でも洋介さんとつきあっているっていうのは考えにくかった。黒木洋介は今やスターだし。

ということは、永春さんが電話なんかしたら、懐かしさあまってふたりが仲良くなってしまうことは充分考えられる。

そばにいられるだけでいい。

つい昨日まで、そんなことを考えていたのに。

そばにいられるだけでいいなんて、自分以外に永春さんの近くにいる女の子はいないって自信があったからだ。

お堂の外の明るい夏の光と逆に、私は不安でまっくらになってしまった。

5

熊田《くまだ》さん、つまり洋介《ようすけ》さんのお父さんのボディガードを、うちのバカ親父《おやじ》が気軽に引き受けたのはいいが、よく考えてみるとそれは結構厄介なことだった。

熊田さんが、自分の身に危険があるかもしれないことを承知しているならまだやりやすいが、洋介さんは父親には内緒《ないしょ》でやってほしいと言ったのだ。

「どうして内緒なの？　そんなの変だよ」

運転席に座っているお父さんに、私はくってかかった。

「俺《おれ》に文句を言うな。依頼人がそう言うんだからしようがねえだろ」

「どうして狙《ねら》われている本人に、危険があることを言っちゃいけないのよ。洋介さんって何考えてんの？」

「だからさあ。洋介さんが言うにはね、うちの父親はふだんはおとなしいけど、興奮すっと何するか分からないところがあるから、刺激しないようにそっと守ってほしいんだと」

また「洋介さんが言うには」か。

どうも、あの人の言うことは、いちいち釈然《しゃくぜん》としない。

私とお父さんは、今、熊田さんの勤《つと》めている銀行の裏に車を停《と》めて、彼が仕事を終えて出てくるのを待っていた。

引き受けたのはいいが、他人のボディガードなんて素人《しろうと》じゃどうしたらいいかよく分からない。それも、本人に内緒でやれっていうんだから始末におえない。ちゃんと彼を守ることができるかどうか分からないが、とにかく熊田さんの行く先行く先を、尾行《びこう》して見張っていようということになった。

尾行するのに「ヒョウスケお便利商会」とバッチリ書いてある軽トラじゃしようがないので、お父さんはお向かいの寿司《すし》屋からクーペを借りてきた。けれど、色は真っ赤だし、腹に「寿司ならスズラン商店街・大漁寿司《たいりょうずし》へ！」と書いてある。まだうちの軽トラのほうが目立たなかったかもしれない。

「ねえ、そろそろ六時だよ。本当に熊田さんって六時に出てくるの？」

サングラスをかけたまま稲荷《いなり》寿司（大漁寿司の差し入れ）を食べているお父さんを私は横目で見た。

「大丈夫。あいつは六時になると誰《だれ》が厭味《いやみ》言ったって帰っちゃう奴《やつ》だから」

何か月か前までは、お父さんもこの銀行で働いていたのだ。だからまあ内情には詳《くわ》しい。

「ふうん。でも定時は五時なんでしょ」

「五時に帰れる銀行なんかあるかい。女の子だって遅くまで仕事してんだ」

「それでも、熊田さんは帰っちゃうわけね」

お父さんは肩をすくめる。

「まあ、そんな奴だから忙しい部署へは置いとけないよ。閑職《かんしょく》ってほどでもないけど、気楽なポジションにいるんだ」

「へえ」

「真面目《まじめ》そうに見えるんだけど、やる気がねえんだよ。前にも間抜けな伝票ミスしてさ。満期になった定期が出せなくて、大事なお客さんを怒らせやがった」

話を聞きながら、私はサングラスを外《はず》した。真夏といえどもそろそろ薄闇《うすやみ》がおりてきて、サングラスなんかしてちゃ遠くがよく見えない。

変装だと言って、私達はブルースブラザーズみたいにふたりで真っ黒なサングラスをかけて出かけたのだけど、寿司屋のおじさんに「海水浴へ行く親子」だと笑われてしまった。

「お父さんも眼鏡《めがね》外しなよ。それじゃ見えないでしょ」

「でも、おまえ。サングラス外したら、誰だかわかっちまうだろ」

「見えなきゃしようがないじゃん」

お父さんは稲荷寿司のパックをたたむと、私の顔を覗《のぞ》きこむ。

「実乃《みの》。おまえ、なに怒ってんだよ」

「別に怒ってなんかないよ」

「そうか？　どうも朝から機嫌が悪いみたいだからさ。わかった、生理痛か？」

「違うよ。もう、うるさいなあ」

バカ親父をキーッと威嚇《いかく》してから、私は窓に顔を向けた。

昨日から、私はずっといらいらしている。

原因は分かってた。永春さんの昔話が頭に残って、気になって仕方ないのだ。あとでよくよく考えてみると、永春さんの口から「好きだった」なんて言葉が出たこと自体が私には不愉快だった。

こんな自分勝手なイライラを、お父さんにぶつけちゃ悪いと思いつつも、どうしても身近な人に当たってしまう。

「おい、実乃。出てきたぞ」

言われて私は顔をあげた。銀行の裏口から、見覚えのあるずんぐりした男が出て来る。のたのたとすぐそこの駐車場まで歩くと、熊田さんは茶色のセダンに乗りこんだ。お父さんもエンジンをかけ、熊田さんの車が動きだすのを見てゆっくり発進した。

私達は、国道を走る熊田さんの車を少し距離をおいて追いかけた。彼の古いセダンがあんまりノロノロ走るので、お父さんはかえって運転に苦労している。

「おかしいな」

しばらく走って、お父さんは首を傾《かし》げた。

「どうしたの？」

「あいつ、家へ帰るんじゃないみたいだ」

「え？」

「家へ帰るんなら、さっきの交差点を曲《ま》がるはずなんだけど」

「熊田さんだって、たまには用事があるんじゃないの？」

国道をずっとまっすぐ走っていくと、前方の熊田さんの車がチカチカと右へウィンカーを出した。あわてて私達も右車線へ入る。

それで、熊田さんの行き先がだいたい見当がついた。この道をずっと行くと、洋介さんの泊まっているホテルの前へ出る。

思った通り熊田さんのセダンは、ホテルの地下にある駐車場へ下りていった。私達は建物の脇《わき》に車を停めて急いでホテルへ向かった。そして、私とお父さんは正面玄関の前で立ち止まる。ガラス戸に映《うつ》った自分達の格好に気がついたのだ。

私もお父さんも、Tシャツに短パン姿でその上真っ黒なサングラスをかけている。

足もとはふたりともスニーカーで、ビーチサンダルじゃないだけまだマシだったけど、この格好じゃ高級ホテルが受け入れてくれるかどうか疑問だった。

「どうして、ちゃんとした格好してこないのよ」

私はお父さんの横っ腹をつつく。

「人のこと言えるか。おまえだって小学生の坊主《ぼうず》みたいな格好だろ」

「子供はいいんだよ。大人がちゃんとしてなきゃ、こんな所入れないじゃないか」

「うるさい。入れるか入れないか、やってみなきゃわかんねえだろ」

すっかりヤケクソになったお父さんは私の腕を引っぱって、回転扉を力まかせに押した。その私達がロビーに現れると、フロントの人やベルボーイが、冷たい視線を投げてきた。その視線に緊張《きんちょう》していると、ちょうど通りかかった黒服のホテルマンが声をかけてくる。

「お客さま」

カチカチに強張《こわば》っている私達を彼は頭から爪先《つまさき》までじっくり眺《なが》めたあと、こう言った。

「プールにおいでですか？」

柔らかく聞かれて、私達は首をブンブン縦《たて》に振る。

「プールは屋上にございます。こちらのエレベーターをご利用くださいませ」

黒服のおじさんがにっこり笑ったので、私達は胸をなでおろした。

プールなんか行きたくなかったけれど、黒服さんがエレベーターのボタンを押してくれちゃったので、私達は仕方なく開いたエレベーターに乗りこんだ。

扉が閉まると、私とお父さんは安堵《あんど》の息を吐《は》く。

「考えてみると、どうせ熊田さんは洋介さんの所に来たわけでしょ。何もハラハラしながらホテル入ってくることなかったじゃん」

安心したら、頭が回ってきた。

「そういや、そうだな。じゃ、洋介さんとこに顔だしてみっか。何階だっけ?」

「一番上だから、十二階じゃなかった?」

縦に並んだエレベーターのボタンを押そうとして私は手を止めた。十二階だけボタンがない。

「あ、そうか。スイートのある階には、あの直通のエレベーターじゃないと行けないんだ」

「しようがねえな。じゃ、また下まで下りるか」

そんなことを言っているうちに、エレベーターは屋上まで上がってきてしまった。扉が開くと、目の前に青いプールが見えた。

「へええ。さすがホテルのプール」

ひょうたん形をしたブルーのプールは、思ったよりも大きかった。そばまで歩いて淡《あわ》いライトに照らされたきれいなプールを眺めた。

もう日が暮れかかっているのに、プールには結構沢山人がいる。親子づれやアベックが、水の中で遊んでいた。プールサイドを歩く人は、どの人も私達と同じように軽装だった。

「ふうん。今度、花乃《かの》も連れて遊びにくるか」

「本当?」

私が思わず振り返ると、お父さんの視線はプールの向こうにあるビアガーデンに向いていた。ま、いいか。お父さんには勝手にビールでも飲んでてもらって、私とお姉ちゃんで遊んでいよう。そうだ、永春《えいしゅん》さんも一緒に来たら楽しいだろうな。

「本当だね？　約束だよ。値段聞いて高いからやめるなんて言ったら怒るからね」

「分かった、分かった。この仕事が終わったらゆっくり来ようぜ。ちょっと、あっちも覗いて行くか」

お父さんは真っ直《す》ぐにビアガーデンへ向かう。私は父の腕を取って、あわてて釘《くぎ》を刺《さ》した。

「今日は見るだけだよ。まだこれから熊田さんの尾行するんだから」

「はいはい。分かってる、分かってる」

ビアガーデンの入り口には、作り物の椰子《やし》の木が立っていた。その下にメニューが立っていてお父さんはそれを覗きこむ。

「ひゃあ。やっぱ、高けえや」

ビールの値段なんかに興味はないので、私はテーブルについている人達を眺めた。プールに入っていたらしい水着姿の人もいれば、会社帰りのサラリーマンのような人もいる。並んだ白い丸テーブルは八割方埋《う》まっていた。

奥のほうも眺めようと首を伸ばした時、私は自分の目を疑った。

「お父さん。大変」

メニューを真剣に見ているお父さんの背中を、私は叩《たた》いた。

「あー、なんだ?」

「熊田さんとマネージャーが、一緒にビール飲んでるよ」

私達はこそこそビアガーデンに入って、隅のほうの席に腰をおろした。もう少し近くに行きたかったが、遮《さえぎ》る物がなにもないのでそう堂々とは近寄れない。

私とお父さんは、緊張してふたりの様子をうかがった。まさか、こんな人目のある所で、マネージャーが熊田さんに何かするとは思えなかったが、それでも何か起こりそうで緊張する。

ジュースを頼んで、私達は彼らの様子を見ていた。

ふたりのテーブルの上にはビールのジョッキが置いてあったが、減っているのはマネージャーのほうだけで、熊田さんはビールに口さえつけていないようだ。

マネージャーは、今日は派手《はで》なアロハシャツを着ていた。熊田さんはこの暑いのに、グレーの上着を着たままだ。どう見ても楽しそうではない。

さっきから、マネージャーが一方的に話をしているようだ。熊田さんは身を縮めるように座っていて相槌《あいづち》さえ打っていない。

「なんの話をしてんだろうな?」

お父さんがボソッと呟《つぶや》く。私はオレンジジュースのストローを噛《か》みながら考えた。

マネージャーが熊田さんを、話があるって呼びだしたんだろうと私は思った。逆なら熊田さんが話してるはずだし。

でも、なんの話だろう。黒木《くろき》洋介が事務所から独立なんかしないように、父親から説得してほしいとでも言っているのかな。

それにしても、険悪《けんあく》な雰囲気《ふんいき》だった。

マネージャーはジョッキの底に残ったビールを飲んでしまうと、煙草《たばこ》をくわえて火をつけた。そしてわざとらしく、熊田さんの顔に煙を吹きかける。そんなことをされても、彼はじっとうつむいているだけだ。

煙草を灰皿に押しつけると、マネージャーが椅子から立ちあがった。私とお父さんは目をあわせる。

「どうする?」

「マネージャーのほうはついてってもしようがねえだろ。クマになんの話だったか聞こうぜ」

ポケットに手をつっこんで、マネージャーはチンピラみたいな歩き方で店から出ていく。彼の姿がビアガーデンから消えると、テーブルに残された熊田さんはのろのろと立ちあがった。

そして、肩を落としたままこちらへ向かって歩いて来る。うつむいたままなので、彼は私達のほうを見もしなかった。

「あれ、やっぱりクマさんだ」

彼が私達のテーブルを通り過ぎたところで、お父さんがすっとぼけた声を出す。

振り向いた熊田さんは、私達を見て明らかに顔色を変えた。

「偶然だなあ。今ね、娘と泳ぎに来て、休んでたんだよ。そしたら、クマさんに似てる人が誰かと飲んでるじゃない。なあんだ、やっぱりクマさんだったのかあ」

ワハハハとお父さんが意味もなく笑うと、熊田さんはじりじりとあとずさりをはじめた。

「おいおい。せっかく会ったんだから、一緒に飲もうよ」

「……いや、私は酒は……」

「酒飲めないのは知ってるよ。何年一緒に仕事したと思ってんだよ。ジュースでいいからさ。座って座って」

お父さんが彼の腕をつかむと、熊田さんはからだを固くした。

「ね、おじさん。今、一緒にいた人、洋介さんのマネージャーやってる人でしょ？　なんか相談だったんですかあ？」

私が思いっきり無邪気《むじゃき》に聞くと、熊田さんはお父さんにつかまれた腕を、びっくりするぐらい強くふりはらった。

「せっかくですけど、用事があるので帰らないと」

そう言い捨てると、彼はあわてて歩きだす。私はその背中にすかさず声をかけた。

「洋介さんに会っていかないんですか？」

「い、いや、さっき会ってきましたから」

早口に言うと、彼はそんな早さで歩けたのかと驚くほど、スタスタとビアガーデンを出て行った。

「俺はクマのあとつけてくから、実乃はこの事洋介さんに報告してこい」

お父さんは私の顔を見ずに千円札を二枚よこして、熊田さんのあとを追いかけて行った。

私は渡されたお札でジュースのお金を払い、「ヒョウスケお便利商会」で領収書を切ってもらいながら爪《つめ》を嚙む。

お父さんは簡単に言ったけれど、どうやって洋介さんに会ったらいいかわからなかった。電話したってつないでくれないだろうし、スイートルームへ行く直通エレベーターなんか乗ろうとしたら、きっとホテルの人につかまってしまうだろう。

私は領収書とお釣《つ》りをポケットにつっこんで、とりあえずエレベーターまで歩いてきた。仕方ない。フロントの人に洋介さんに呼ばれたとか言ってみよう。まだ、私のこと忘れてないだろうから、忙しくなければ会ってくれるかもしれない。

下りボタンを押そうとして、私はエレベーターホールの脇《わき》に鉄の扉があることに気がついた。扉の上には非常口の緑のランプがある。たぶん階段なのだろう。

試《ため》しにノブを握ってみると、それは予想に反してくるりと回った。あららと思いながら押すと、鉄のドアは簡単に開いた。思った通りそこには従業員用らしい階段があった。あたりを見まわして誰もこっちを見てないことを確認すると、私はドアの中に急いで入った。

階段を下り〝12〟と数字が書いてある鉄のドアを開けると、赤い絨毯《じゆうたん》がしかれた廊下に出た。廊下の両側に間隔《かんかく》を開けてドアが四つある。確かにこの前来たスイートルームのあるフロアだった。

あんまり簡単に、洋介さんの部屋の前まで来てしまったので、私はなんだかおかしくなってしまった。

服装といい警備といい、ガチガチだと思ってたのは勝手な思いこみだったようだ。

ドアをノックしようとして、私はふと手を止めた。大して親しくない人に、電話もしないで突然来られたら迷惑だろう。

ためらっているうちに、私はさっきの熊田さんの態度を思い出した。

やっぱりどこか変だった。ビクビクしてるのはいつものことなのかもしれないけど、まるで私達に見つかってしまったことが、一生の不覚《ふかく》みたいな顔をしていた。

それに、彼は嘘《うそ》をついた。

洋介さんに会ってきたなんて、嘘もいいところだ。そんな時間はなかったはずだ。やっぱりグズグズしてないで洋介さんに報告しよう。そりゃ洋介さんだって何を考えてんのか分からないとこがあるけど、熊田さんは彼の父親だもんね。黙ってて、あとで大変なことになったりしたら困るし。

思いきってノックをすると、やや間を置いて「誰？」と洋介さんの声がした。

「あの、私、この前お邪魔《じゃま》した桜井《さくらい》実乃です。突然ごめんなさい」

「実乃……？　ああ、豹助《ひょうすけ》さんの所の実乃ちゃん？」

急に彼の声が柔らかくなった。鍵《かぎ》を外《はず》す音がしてドアが開く。Tシャツ姿の洋介さんが顔を出した。

「どうしたの？　遊びに来てくれたの？」

まるで小学生に言うように、彼は笑顔で聞いてきた。

あのねー、今をときめくスターの所へ気軽にホイホイ遊びに来るわけないじゃないか。

「あの、洋介さんのお父さんのことで……」

「ああ、そうなの。まあ、入ってよ」

「ご迷惑じゃないですか？」

ドアの所でためらっていると、洋介さんは「平気だよ」と私を招き入れた。

「本読んでたら、いつの間にか居眠りしちゃってね。久しぶりにゆっくり休もうと思ってたんだけど、いざ休むと暇《ひま》でしようがない」

なるほど、彼の髪は寝グセだろうかてっぺんがちょいと立っている。アーモンド形の目も、心なしかトロンと眠そうだ。

「お茶いれるよ。紅茶でいい？」

言われて私はあわてて首を振る。また下剤《げざい》飲まされちゃたまらない。

「いえ。すぐ帰りますから」

「そんなこと言わずに、ゆっくりしてってよ。夏休みで暇なんだろ？」

普通の人は長い休みで暇かもしんないけど、私はあなたのおかげで毎日忙しいんだから。と文句が出そうになったが口にも顔にも出さなかった。

「バンドの人は、まだ来てないんですか？」

「ああ。一緒に来たのは、マネージャーと付き人の子だけでね。あとのスタッフは、コンサートの前の日にくるんだ」

「リハーサルとかは？」

「うん。ツアーで全国まわってさんざんやったからな。前日に一回リハーサルするだけだよ」

いらないって言ってるのに、洋介さんは話ながらお湯を沸かしはじめた。あんまり世間話をしてると、またお茶を飲まされそうで私はあわてて本題に入る。

「洋介さん。今、屋上でお父さんに会ったんです」

「豹助さん？」

「違います。私のお父さんじゃなくて、洋介さんのお父さん。熊田さんすよ」

紅茶の缶《かん》を持ったまま、彼はこちらを見た。

「お父さん、さっき洋介さんの所に来たんですか？」

「いや、来ないけど」

「変なんです。私が『洋介さんの所へ行かないんですか？』って聞いたら『今会ってきたから』って言って逃げちゃったんです」

ブリキの缶を指でカンカン弾《はじ》きながら、洋介さんは首を傾げた。

「どうしてそんなこと……それに、屋上なんかで何をしてたんだろう」

「あ、それがこの前会ったマネージャーさんと、ビアガーデンで話をしてたみたいですよ」

それを聞いたとたん、洋介さんは突然大きな声を出した。

「どうしてそれを先に言わない！」

人なつっこい笑顔は消え、彼の顔は牙《きば》をむきださんばかりに怒っている。

私はびっくりして、手近の壁まで猫のように飛びのいた。壁に張りついた私に目もくれず彼は電話を手に取った。いらいらと洋介さんが足を踏《ふ》み鳴らしていると、誰かが電話に出たようだ。

「洋介です。小野《おの》さんは？　いない？　どこ行ってんの？」

小野って確か、マネージャーの名前だ。

「捜してくれよ。いいから早く」

彼は乱暴に受話器を置くと、鍵をつかんでドアに向かった。ノブに手をかけたところで、私がまだいたことを思い出したようだ。

「ここにいてくれ。すぐ戻るから」

笑顔も作らず言い渡し、ドアを閉めて洋介さんは出ていってしまった。

力の抜けてしまった私は、壁からずるずる腰を落として、そこにペタンと座りこんでしまった。

な、なんなの。今のは。

テレビで見るのと違って、人なつっこい気さくな人だと思ってたのに。やっぱり、こわい人なのかもしれない。

あの釣りあがった目は、テレビで見る黒木洋介だった。さっきまでの穏和《おんわ》な彼は演技なんだろうか。いったい、どっちの彼が本当の洋介さんなんだか、私はさっぱり分からなくなってしまった。

シンと静まりかえった部屋を眺めているうちに、やっと少し落ち着いてきた。そうなると好奇心がむくむくと湧《わ》きあがってくる。この部屋でひとりになるなんて、探検するチャンス到来だ。

私は立ちあがると、そろそろと広いスイートルームを歩きまわった。バスルームの前にある広い洗面所には、巨大な鏡やひとり用のサウナまであった。

ひと通り見てしまってから、私はリビングの奥にある半分開いている扉を、ちょっと罪《ざい》悪感《あくかん》を感じながら覗《のぞ》いてみた。

そこは寝室で、大きなベッドがふたつ置いてあった。窓際のほうのベッドはカバーが少し乱れている。文庫本が伏せてあるところを見ると、洋介さんはここでうたた寝をしていたようだ。

ドアによりかかって、私はしばらくその寝室を眺めていた。

私は首をコキコキ鳴らして考えた。

今の洋介さんのあわてようはすごかった。よほど、お父さんのことが心配なのだろう。

でも、それならどうして熊田さんに、マネージャーから狙《ねら》われているらしいこと、ちゃんと話さないんだろうか。

「刺激すると何するかわかんない人だから」って言っていた。まあ、それはあたってるかもしれない。

熊田さんみたいな人なら、きっとうっぷんが溜《た》まってるはずだ。それが爆発したら、ちょっとこわい。

すぐ戻ると言ってたのに、洋介さんはなかなか帰って来なかった。

ベッドに伏せられた本を眺めているうちに、なんの本を読んでるんだろうと興味が湧いてくる。本のタイトルを見てみようと、私はベッドに向かって足を踏みだした。そのとたん、出した右足が何かにひっかかり私はよろけた。

「おっと」

壁に手をつこうとしたら、その手が滑《すべ》って、私は派手に転んでしまった。

「……ててて」

床に打ちつけてしまった肩を押さえながら振り向くと、右足の爪先《つまさき》が大きな旅行バッグにかかっていた。

転んだとたん足でひっくり返してしまったようで、鞄《かばん》は横になっている。開けっぱなしのチャックから、ドライヤーやカセットテープなんかがこぼれ出ていた。

私は出てしまった鞄の中の物をあわてて拾った。バッグを起こし、適当に拾った物を突っこむ。

その時、鞄の中に薬の小瓶《こびん》が裸で入っていることに気がついた。箱に入っているわけでもないし、ポーチにしまってあるわけでもない。ガラスの瓶だから、こんなふうに無造作《むぞうさ》に入れたら、テープの箱かなんかとぶつかって割れちゃうのに。

男の人ってこういうところが無神経なんだよねって思いながら、私は薬瓶を手に取った。ラベルははがしてある。丁寧《ていねい》にとってあるわけではなかったので、読める所もあった。残ったラベルの字を目で追って、私は固まってしまった。そこには、この薬の効用が書いてあった。

便秘にともなう腹部膨満などの緩和《かんわ》。

6

私は素早く瓶の蓋《ふた》を開け、赤白のカプセル型した薬をいくつか掌《てのひら》に出した。

ポケットからハンカチを出して薬を包む。瓶をバッグに押しこんで、私は立ちあがった。

寝室から出て私はソファに腰を下ろす。キチンと膝《ひざ》の上に手を置いて洋介《ようすけ》さんの帰りを待った。

心臓が倍の早さで鳴っている。半分はがされたラベルの文字が頭に蘇《よみがえ》った。

便秘の緩和だって。

便秘の薬っていったら、下剤《げざい》じゃないか。

膝の上で握った拳《こぶし》を、私はじっと見つめた。

やっぱり、洋介さんが私達に下剤を飲ませたんだろうか。下剤の瓶が洋介さんの鞄にあったからって、それで彼の容疑が明らかになったわけじゃない。

ひねくれた考え方をすれば、マネージャーが洋介さんに罪《つみ》をなすりつけようとして、こっそり鞄に入れたなんて可能性もあるだろう。

それとも、洋介さんとマネージャーがぐるだとか？

何がなんだかまるで分からなかった。

下剤を飲まされた私達は、ただとばっちりを受けただけなのだろうか。それとも、私達も誰《だれ》かから悪意を持たれて、計画通り下剤を飲まされたか。

力の入った拳を睨《にら》んでいると、突然ドアがコッッと一回鳴った。洋介さんが扉を開けて入って来る。

「急にひとりにしてごめんよ。テレビでもつけて見てればよかったのに」

彼はニコニコッと笑って、鍵《かぎ》をテーブルの上に置いた。

「……それで、マネージャーさんは？」

勝手に部屋の中を探検したことと、意外な物を見つけちゃったことで、私はかなり動揺していた。私は落ち着いて聞こえるように、なるべく低い声で聞いた。

「ああ、今、下のロビーでばったり会ってね。大丈夫だった」

明るく言ってから、洋介さんはハッとした顔をした。

私も洋介さんの顔をじっと見る。

大丈夫だったって……何が大丈夫なんだろう。

「あの、私、そろそろ帰ります。もう日も暮れるし。突然押しかけてすみませんでした」

頭を下げると、洋介さんはドアまで送ってくれた。私が洋介さんの失言に気がついてないそぶりを見せたので彼はホッとしたようだ。

「また遊びにおいで。花乃《かの》ちゃんもつれてさ」

友達同士みたいに笑顔で手を振って、洋介さんは部屋のドアを閉めた。

そのとたん、私はエレベーターに走った。下りボタンを押したらすぐ扉が開いた。エレベーターに乗りこんで私は胸を両手で押さえる。

私はポケットの中のハンカチをそっと手で触れて息を吐《は》く。

私は妙に明るい白い箱の中で、ひとり考えを巡《めぐ》らせた。

洋介さんは、マネージャーを見つけてホッとしているようだった。それとも洋介さんは、自分の父親と連絡が取れて、それでホッとしていたのかな。

でも、熊田さんはさっき逃げるようにビアガーデンから出ていった。普通に考えて、洋介さんが父親の熊田さんと連絡が取れたとは考えにくい。

私には、洋介さんが自分の父親よりマネージャーの安否《あんぴ》を気にかけているように感じられて仕方なかった。


ホテルを出ると、もう外はすっかり夜だった。電車にひと駅乗って私は見慣れた商店街に帰ってきた。

夕方の買い物客がみんな引きあげていく時間で、商店街を歩く人はそう多くなかった。

私はいつも行く薬局の前で立ち止まった。店の外には洗剤やトイレットペーパーなんかが積んであるが、ここの薬局は裏の小児科に頼まれて、ちゃんと薬の処方なんかもやっている。

ちょっと悩んだけれど、私は腹を決めて店の中へ入った。

「お、実乃《みの》ちゃん。久しぶりだねぇ」

シャツの上に白衣をひっかけた薬局のおじさんが顔をあげて笑顔を見せた。

「ねえ、おじさん。ちょっと見てほしい薬があるんだけど、いい？」

「いいよ。どれだい？」

私はポケットからハンカチの包みを出した。ガラスケースの上に広げると、向こう側からおじさんが覗《のぞ》きこむ。

「これ、なんの薬だか分かる？」

「クイズかね？」

「お父さんの仕事で、ちょっとね……」

私が言葉尻《じり》をにごすと、おじさんはそのカプセルをつまんでふんふんと頷《うなず》いた。

「分かる？」

「たぶん、あれだな、下剤だろ」

おじさんは、知らない国の言葉みたいな薬の名前を言った。

「うちにもあったはずだな。ちょっと待って、調べてくるから」

おじさんは、ひとつカプセルを持って店の奥に入って行った。首を伸ばして覗くと、薬を処方するらしい小部屋が見える。おじさんは背中を向けて何やら調べていた。

やっぱり、下剤か。おじさんがひと目でわかったってことは、ポピュラーな薬なのかもしれない。

「やっぱりそうだな。まちがいない」

戻ってきたおじさんは、広げたハンカチの上にカプセルを戻した。

「これ飲んだら、すごい下痢《げり》になる?」

「そうだな。よく効《き》くやつだから、ひどい便秘でも一個にしといたほうがいいね」

つまり、二個飲んだら大変だってことだろう。

「どんな味がするんだろ」

「味までは知らないよ。カプセル開けてなめてみれば?」

聞くことだけ聞いて何も買わないのも悪いので、私はお得用トイレットペーパーの大きな包みを買って店を出た。

トイレットペーパーの包みをぶらぶらさせながら私は考えた。

もし、この薬が苦《にが》かったら、お茶に入れればわかってしまうだろう。あの時、私達は誰も紅茶の味に首を傾げなかった。あとで、勇気を出してなめてみるか。

「ただいま」

玄関のドアを開けると、花乃ちゃんのサンダルが脱ぎ捨てられているだけで、お父さんの靴《くつ》はなかった。まだ熊田さんの尾行《びこう》をしてるのかもしれない。

何気なく居間のドアを開けると、冷たい空気が頬《ほお》にあたる。テレビの前では、花乃ちゃんが居眠りをしていた。

「おねえちゃん」

私は思わず、花乃ちゃんの背中を足で小突《こづ》いた。

「……なによ。人が寝てんのに……ううっ、さぶい」

起きあがった彼女は、両腕を抱《かか》えて震える。

「クーラーかけっぱなしで寝てりゃ寒いでしょうよ。夕飯は？」

「実乃が当番でしょう」

あっさり言われて私はカッとする。

「そりゃ、私が当番だけどさ。私は仕事してきたんだよ。お姉ちゃんなんかうちでゴロゴロしてたんでしょ。夕飯ぐらい作ってくれたって」

「だから、先に食べたわよ」

全部言い終わらないうちに、彼女は面倒くさそうに口を挟《はさ》んだ。

「あ？」

「適当に食べといたから、心配しないで。あ〜あ、そろそろ勉強するかなあ」

うーんと伸びをしている花乃ちゃんを、私は唖然《あぜん》として見た。

どうして、自分だけさっさと食べちゃうわけ？　お父さんなんかまだ仕事してるんだから、何か作っておいてあげましょって気にならない、普通。

「ちょっと、花乃ちゃんさあ。それはひどいんじゃない」

「うるさいわねえ。実乃は仕事してきたってえばりたいみたいだけど、私だって受験生なんだから勉強してたわけよ。遊んでたんじゃないんだからね」

受験生の部分を強調して、お姉ちゃんはそう言った。

花乃ちゃんは最近、なんか文句を言うと必ず受験生だからと言い訳する。

洋介さんの大ファンだっていうから、今度の依頼は率先《そっせん》して手伝ってくれるだろうと思ったのに、ちっとも協力しようとしない。

勉強するなんて言って、ほとんど毎日クーラーかけて居眠りしてるくせに。夏期講習だって行くふりして友達と遊んでんの、私は知ってるんだから。

「実乃。ついでにお茶いれてくんない？」

台所へ入ろうとすると、花乃ちゃんが後ろから甘ったれた声を出した。

冗談じゃないよ、と言おうとして私は思いとどまる。こわい考えが、ふと浮かんでしまった。

そんなことしちゃ駄目《だめ》。自分の姉を、人体実験に使っちゃいけない。

お湯を沸《わ》かして、ティーバッグをカップに入れた時までは迷ってたけど、花乃ちゃんの「まだあ?」って催促《さいそく》の声を聞いた時、決心は固まった。ポケットからカプセルを出し、指先で割って中身をさらさらと紅茶に入れた。ふたつめも同じようにお茶に落とす。

「ありがと。実乃ちゃんはイイコだねえ」

わざとらしく甘い声を出して、お姉ちゃんは紅茶のカップを手に取る。彼女の口がカップの縁《ふち》に触れてお茶をすするのを私はじっと見ていた。

「それ、いつもと味違わない?」

「どうして? 葉っぱ変えたの?」

「まあね」

「変わんないみたいだけど。スーパーで安いの買ったんじゃないの?」

全部飲んでしまうと、花乃ちゃんは「勉強勉強」と言いながら、二階への階段をあがっていった。

飲ませてしまった。

あの時は、三十分ぐらいでおなかが痛くなったっけ。

しばらくドキドキして居間に座ってたけど、おなかもすいてきたので冷麦《ひやむぎ》でもゆでて食べることにした。

鍋《なべ》にお湯を沸かしお父さんとふたり分の冷麦をゆで、氷水で冷やして、さあ食べようと麺《めん》つゆを冷蔵庫から出した時のことだった。

派手に階段を駆《か》けおりる音がして、そのあと、トイレのドアを閉める音がした。私は立ちあがって、トイレの外から声をかける。

「花乃ちゃん？」

「ううう」

「大丈夫？」

「……うう」

悪いことをしてしまったと思ったけど、まあ、やってしまったことはしようがない。

私はさっき買ってきたお得用トイレットペーパーの包みをドアの前へ置いて、冷麦をつるつる食べた。

夜中になって帰ってきたお父さんは、次の日も朝早くから熊田さんの尾行に出かけていった。

私は午前中に洗濯やら掃除やら家のことをすます。ひと晩中トイレで過ごしたお姉ちゃんは、すっかりやつれてまだ寝ていた。

姉思いの私は、花乃ちゃんのためにお粥《かゆ》を作ってあげてから家を出た。

お寺への道を歩きながら、私は額《ひたい》の汗《あせ》を手で拭《ぬぐ》う。足どりが重いのは、永春《えいしゅん》さんに全部正直に言おうかどうしようか、迷っていたからだ。

洋介さんの鞄の中から、下剤を見つけたことを永春さんに報告するってことは、私が他人の部屋をこっそり嗅《か》ぎまわしたことを白状することになる。

その下剤が、確かに私達が飲まされた物だと証明するには、私が花乃ちゃんにこっそり下剤を飲ませたことを白状することになる。

どっちもやった時はほとんど罪悪感《ざいあくかん》がなかったのに、永春さんに話すとなると、初めて悪いことをしたんだって意識が生まれた。

永春さんは、そんなことをする子だとは思わなかったと本気で呆《あき》れるんじゃないだろうか。嫌われてしまったらどうしよう。しらん顔して黙っていようか。でも、洋介さんの鞄に下剤があったことを、黙ってなんかいられない。

悩みながら歩いていると、バイクのエンジンの音が聞こえてくる。顔をあげると、畑の横の細道を見慣れた原付《げんつき》が走ってくるのが見えた。

「よ、実乃」

ヤマハメイトが私の前にキュッと止まる。乗っているのは、珍しくシャツとジーンズ姿の永春さんだった。決心がつかないうちに会ってしまって、私はちょっとうろたえてしまった。

「うちに来るとこだった？」

「うん」

「じゃあ、一緒に行かない？」

お寺で袈裟《けさ》を着ている時より、永春さんはは つらつとして見えた。野球帽をかぶってい るので、どこから見てもお坊さんには見えない。

「どこ行くの？」

「この前、言ってた女の子の家」

「あ、永春さんが好きだった人？」

思わずそう言うと、彼は帽子のつばをいじって照れを隠した。

「電話したらね、懐かしいから会いたいって言ってくれたんだ」

本人はさりげなく言っているつもりだろうけど、全身から嬉《うれ》しい気持ちが溢《あふ》れている。

私はちょっと唇《くちびる》を噛《か》んで考えた。

懐かしさに喜んでいるふたりを見るのは気が進まないけれど、ふたりっきりで会わすよりはいいかもしれない。

それに、あの人から居酒屋にいた、洋介を始末するって言っていた男のことをもっとよく聞いてみたかった。

コックリ頷《うなず》いて、私はバイクの後ろにまたがった。永春さんがアクセルを握ると、私はしっかり彼の背中につかまった。

十分ほど走ると、山がどんどん目の前に近づいてきた。山を覆《おお》う大きな木々と、その上の入道雲がどちらもモクモクと柔らかそうだ。

山の斜面に並ぶ住宅地へバイクは入っていく。永春さんは、急な石の階段の下に来るとバイクを停めた。

「ここからは歩き」

階段の下には、何台か自転車が置いてある。私は、緑の中へ消えていく階段を見あげ、これを上がるのかとちょっと憂鬱《ゆううつ》になった。

「そんなに上じゃないよ。さ、行こう」

永春さんは、私のお尻《しり》を軽く叩《たた》いて階段を登りはじめた。仕方なく私も彼のあとに続く。

「しょげちゃって、どうしたの」

斜《なな》めうしろを振り返って、永春さんが聞いてきた。

「しょげてなんかないよ」

「そうかあ？　エサやるの忘れて、金魚殺しちゃったみたいな顔だぞ」

「お坊さんのわりには、残酷なたとえ」

「そりゃ失礼」

くつくつ笑う永春さんの横顔を見ているうちに、私はやっと正直に話す気になってきた。

「昨日、お父さんと一緒に熊田さんの尾行に行ったんだ」

「尾行って……ああ、ボディガードか」

「うん。で、夕方に銀行から出てきた熊田さんのあとをつけたら、洋介さんの泊まっているホテルへ行ったの」

私はそのあとのことを、順番に永春さんに話した。熊田さんとマネージャーが会って話をしていたことから、洋介さんの部屋へ報告しに行ったこと。伝えたとたんに、洋介さんが顔色を変えてマネージャーを捜しに行ったこと。

「それで私、部屋にひとりにされちゃったでしょ。で……」

「思わず探検してしまった？」

当てられてしまって、私は小さく頷く。

「でね……私、洋介さんの鞄につまずいて転んじゃったの。その時、鞄の中に薬瓶を見つけて……それ、下剤だったんだ」

それを聞いて、永春さんは私の顔を見下ろした。

「本当に下剤だったの？」

「うん。私も自信なかったから、三つほど失敬して、近所の薬屋さんに見てもらったの。そしたら、かなり効く下剤だって」

彼は私の肩に手を置いた。私は永春さんのスニーカーを見ながら石段をあがる。あんまり永春さんが黙ったままなので、私は不安になってきた。

「呆れた？」

「え？　どうして？」

「だって、他人の部屋をこそこそ見てまわるなんて。その上、黙って薬まで取ってきちゃって」

「なんだ、だからしゅんとしてたのかあ」

やっと分かったとばかり、永春さんは私の頭をポンと叩いた。

「反省してるんなら、いいじゃない。それとも怒ってほしいか？」

「……実は、それだけじゃないんだ」

「まだ悪事を働いたの？」

私は神妙《しんみょう》にうなだれて、もうひとつの悪事を白状した。

「その下剤が、本当に私達が飲まされたやつなのか知りたくて、お茶に入れてみたんだ」

「飲んだの？」

「私じゃなくて、花乃ちゃんが」

それを聞いて、永春さんは吹きだした。

「や、悪い。笑いごとじゃないよな。で、どうした？」

「三十分ぐらいで、お姉ちゃんトイレへ駆けこんでった」

「そっか。実乃は地獄《じごく》に落ちるなあ」

昔、お寺で見せてもらった地獄に住む魑魅魍魎《ちみもうりよう》の絵が頭をよぎった。

「あ〜あ、嘘だよ。そんな泣きそうな顔しないで」

「……うん」

「悪いことしたって、分かってるんだろう。それでいいんだよ。僕に話してくれたんだからもういいよ。元気出しな」

永春さんは、手で私の肩をゆさゆさ揺すった。私はそれで、やっと少し胸の支《つか》えが取れた気がした。

「それにしても、変な話だなあ」

私の肩を抱いたまま、彼は空を見あげて呟《つぶや》いた。

「永春さんも変だと思う?」

「うん。洋介の鞄に下剤があったんじゃ、たぶん奴《やつ》がお茶に下剤を入れたんだろうな。でも、どうしてそんなことをしたんだろう」

永春さんの額に、ひと筋汗が流れるのを私は発見した。ああ、永春さんでもやっぱり汗かくんじゃないか。

「あと、マネージャーが熊田さんを狙《ねら》ってるって言ってたけど……どうも、何かほかに事情がありそうな気がするな」

それは、私も同じ考えだった。

洋介さんが、マネージャーに狙われていることをお父さんに話さないなんて、やっぱり変だ。事務所の独立問題のほかに、何か私達には言えないような事情がありそうな気がする。

そのまま黙って、私達は長い石段をあがりきった。丘の上には、ゆったりした間隔《かんかく》で普通の二階建て住宅が立ち並んでいる。家々の向こうには、涼《すず》しそうな竹林《ちくりん》が見えた。

永春さんは、私の手を取ってしばらく道なりに歩いた。そして、竹林のそばに立った家の門の前で足を止めた。

『佐々木《さ さ き》』と表札が出ているその家のチャイムを、彼は指で一回押した。チリリンと遠くで音が鳴る。

私は永春さんの背中に隠れるように立ち、そっと右手で心臓のあたりを押さえた。

玄関のドアを開け顔を出したのは、確かにこの前うちにやってきたあの可憐《かれん》な女の人だった。

彼女の顔は永春さんを見て、花が咲いたように輝いた。そして、永春さんのあとから、申し訳なさそうに頭を下げた私を見て、その人の大きな瞳《ひとみ》はさらに大きく見開かれた。

やっぱりまずかったかなと思ったら、すぐに彼女の顔は笑顔に戻った。

「彼に聞いて驚いたわ。まさか、便利屋さんの女の子と永春君が仲良しだとは思わなかった」

笑いながら彼女はそう言った。

うわ、永春君だってさ。

「今、誰もいないの。遠慮《えんりよ》しないであがってね」

出してもらったスリッパを履《は》いて、私達は一階の奥にある畳《たたみ》の部屋に通された。網戸《あみど》の向こうには竹林が見えていかにも涼しそうだ。

彼女が飲み物を取りに行くと、私は永春さんに小声で尋《たず》ねる。

「電話で私のこと言ったの？」

「そうだよ」

座蒲団《ざぶとん》の上にあぐらをかいて、永春さんは答える。

でも、連れて行くとは言わなかったんだろう。言っていたら、あんなにびっくりしないはずだ。

「ね、私やっぱり迷惑だったんじゃない？」

「どうしてさ。そうだったら最初っから誘わないよ」

それは男の人だから、そう思うんじゃないの。彼女にしてみれば、知らない子供がいたら、じっくり昔話もできないって不満に思うんじゃないかな。

「あ、そうだ。あの人の名前、私聞いてないよ」

「あれ、言ってなかったけ？　桃子《ももこ》さんだよ。佐々木桃子さん」

「はい。なんでしょう？」

にっこり笑って、桃子さんがふすまから顔を出した。手に持ったお盆には、ジュースの入ったグラスがのっている。

「名前を教えてたんだ」

「ええと、便利屋さんのお嬢さんは、実乃ちゃんだったわよね」

「はい。桜井《さくらい》実乃です」

「佐々木桃子です。よろしくね」

半分ふざけて、私と彼女はかしこまって頭をさげた。

「永春君も元気だった？」

彼女は、永春さんのほうへ顔を向ける。

「うん。卒業以来だよな。桃子は今、何してるの？」

「一度就職したんだけど辞《や》めちゃったの。それからは、アルバイトしたり家にいたりかな」

ふたりが話しだしたので、私はおとなしくジュースに口をつけた。

永春さんは、彼女のことを「桃子」と呼び捨てていた。そんな些細《ささい》なことが、気になってしまう自分がなさけない。

今日の彼女は、レモンイエローのワンピースを着ている。テーブルの上のグレープフルーツジュースと同じ色だ。

この前お店に来た時は、そそっかしくてかわいらしい感じだったが、今日はしっとりと落ち着いてみえた。二十四歳の女の人は、私から見れば立派な大人だった。

「永春君は本当にお坊さんになっちゃったのね」

彼女に言われて、永春さんはそった頭を恥《は》ずかしそうに手でなでた。

「そうか。初めて見るんだもんな」

「なかなか似合うわよ」

「いいよ。無理しないで笑ってくれ」

考えてみれば高校生の時は、永春さんの頭には髪の毛があったはずだ。どんなだったか、急に見てみたくなってくる。

「卒業アルバム、見てみたいです」

小さく言うと、永春さんと桃子さんは揃《そろ》ってこちらに顔を向けた。ふたりとも、ちょっと複雑な笑顔を浮かべている。

「見て笑うつもりだろ」

「笑わないよ」

「笑うくせに」

私達のやりとりに、桃子さんはクスクス笑った。

「見ましょうよ。持ってくるわ」

さっと立ちあがって、彼女は廊下へ出て行った。二分も待たないうちに、桃子さんはぶ厚いアルバムを抱えて帰ってくる。

「永春君から電話もらった日に、懐かしくて押し入れから引っぱりだしたの」

手渡されて、私は古びた箱からアルバムを取りだした。ボロボロになっている箱と反対にアルバムはピカピカだった。

畳に広げて一枚一枚めくっていると、両側から永春さんと桃子さんが覗《のぞ》きこむ。まるで、ふたりの子供になったような気がして複雑だった。

「あ、ほら。永春君」

桃子さんが指差した所を見ると、真面目くさった顔の永春さんがいた。頭には短く切った髪の毛がのっている。

「わあ、髪の毛があるぅ」

「笑わないって言っただろ」

思わず笑ってしまった私の頬《ほお》を、永春さんが指で引っぱった。

「あ、これ。桃子さんだ」

次のページに、私は目ざとく桃子さんを見つける。今よりふっくらした顔の彼女が笑っていた。

「太ってるわねえ。恥ずかしい」

「そうだな。あんなにコロコロだったのに、いつの間に痩《や》せたんだ？」

「誰でも年頃になると痩せるのよ」

ふたりが楽しそうに話している隙《すき》に、私は次々とページをめくる。捜しているのは、部活動の写真だった。

あった。

目あてのものを見つけて、私は手を止める。吹奏楽部《すいそうがく》と書いてある写真を私はじっと見た。

一番前の列には、女の子達としゃがんでいる桃子さんがいた。その斜め後ろに、幼《おさな》い顔をした洋介さんが写《うつ》っていた。永春さんは一番後ろの列に立っている。

私はその写真に首を傾げた。

みんな、カメラを向けられて楽しそうに笑っているのに、永春さんだけ、笑みを浮かべていなかった。睨《にら》むような目でこっちを見ている。

「お、それも懐かしいな」

永春さんが、マルバムを覗いてきた。

「顧問の遠藤《えんどう》先生、今年退職なさったそうよ」

「へぇえ。もうそんな歳《とし》だったのか」

「もうって言っても、あれから六年もたってるのよ」

それからふたりは、ブラバンの大会の話やほかの友達の消息なんかを話しだした。

でも、ふたりは決して洋介さんの名前を口にしない。その話題は、六年たった今でもタブーなんだろうか。

私は、どうしたもんかと困ってしまった。

今日は、洋介さんのことでいろいろ聞きたいことがあったのに、私がここで洋介さんの話を持ちだしたら、楽しそうなふたりに水をさしてしまうだろう。

今日はあきらめて帰ろうか。もしかしたら、永春さんも桃子さんも、私が「先に帰ります」と言いだすのを待ってるかもしれない。

そう思うと、ますます居心地が悪くなってしまった。よしもう帰ろうとアルバムをパタンと閉めた時、「洋介のことなんだけど」と永春さんが、なんでもないことを言うように彼の名前を口にした。

桃子さんがすっと真顔《まがお》に戻る。

「実乃にも少し聞いたんだけど。洋介を始末するって相談をしてた奴がいたんだって？もう少し詳《くわ》しく教えてくれないか」

永春さんは歳下の女の子に聞くように、柔らかい声で桃子さんに尋ねた。彼女は困ったような顔をすると、私のほうを見る。

「この前は突然押しかけて、変なこと頼んでごめんなさいね」

「あ、いいえ。そうだ、今日は持って来なかったんですけど、あのお金返します」

「返してくれなくていいのよ。あれは払ったんだから」

「でも、何もしてないのに、もらうわけには……」

「いいの。払いたいの」

「桃子」

突然、永春さんが厳《きび》しい声で彼女を呼んだ。

「洋介だけじゃなくて、実乃達もあぶない目にあってるんだ。何か知ってるなら、ちゃんと話してくれ」

強い口調で、永春さんはそう言った。

彼女は視線を泳がせると、両手を膝《ひざ》の上で揃えてうつむいてしまった。

しんとしてしまった部屋に、さわさわと竹が揺れる音が聞こえてくる。

やがて、桃子さんの肩が小さく震えはじめた。ポッンと涙の雫《しずく》が握った手の上に落ちる。

「……あれは嘘だったの。ごめんなさい」

嘘だと聞いても、私はそれほど驚かなかった。最初からそんな気がしていたのだ。

永春さんも、彼女がそう言いだしてくれたことにホッとした様子だ。ジーンズからハンカチを出すと、桃子さんの前に差しだす。

「責めてるんじゃないから、泣かないでいいよ。何か事情があるから、嘘をついたんだろ？」

ハンカチを受け取ると、彼女は頷《うなず》いた。

「僕達にも話せないか？」

「ううん……そうね、最初っから永春君に相談すればよかった」

桃子さんは涙を拭《ぬぐ》うと、力なく笑った。

「七月のはじめにね、洋介さんが一日だけオフが取れたって連絡くれたの。急にオフが取れた時は、私が東京の洋介さんのマンションへ行くことになってて」

つまり桃子さんと洋介さんは、今もつきあっているんだ。

私は驚いたけど、永春さんは気にした様子もなく彼女の話を聞いている。電話で話した時に聞いてあったのかもしれない。

「その晩、洋介さんのマンションに泊めてもらって……でね、その夜中に私、変なこと聞いちゃったの」

うつむいたまま、桃子さんは話した。

「夜中にふっと目が覚めたら、隣にいたはずの彼がいないのね。トイレでも行ってるのかなって思ったら、隣の部屋から話し声が聞こえてきて……洋介さんが誰かと電話してるみたいだったの。こんな時間にどうしたんだろうって思ってたら」

彼女はそこで言葉を区切った。唇を嚙《か》んでから心を決めたように話しだす。

「途切《とぎ》れ途切れにしか聞こえなかったんだけど……『マネージャー』とか『どうやって殺す』とか『町に帰った時に』とかそういう言葉が聞こえてきたのね。口調もすごく厳しくて、冗談で言ってるふうにはとても聞こえなかった」

「誰と話しているかわからなかったの？」

永春さんに聞かれて、彼女は小さく首を振った。

「電話を切って洋介さんが戻ってきた時に、私、こんな夜中に誰と電話してたのって聞いたのね。そしたら、事務所の人との打ちあわせだよってごまかされちゃって」

桃子さんは、ハンカチをにぎりしめると顔をあげた。

「そんなの嘘だってすぐわかった。だけど、洋介さんって頑固《がんこ》だから、話さないって決めたことは絶対話してくれないの。私、洋介さんとマネージャーが折りあいが悪いの知ってたから不安になっちゃって」

「それで、便利屋にボディガードを頼もうと思ったのか」

彼女は申し訳なさそうに肩を落とした。

「そうなの。警察に話して、洋介さんに迷惑がかかったら困るし……私と洋介さんがつきあってることは、友達にも誰にも秘密にしてるの。どこからか話が漏《も》れて、事務所にわかっちゃったら困るから。チケットも洋介さんからもらうと怪《あや》しまれるから、自分で並んで買ってるのね」

すごい。そんなに徹底して隠してるんだ。

「かといって何もしないでいるのは歯痒《はがゆ》くて。便利屋さんにそういう依頼をしておけば、結果的には警察に話が行って、ちゃんと警備してくれるだろうって思ったの」

最後に桃子さんは、「ごめんなさい」と呟いた。

なるほど、そういう訳だったのか。きっと、ものすごく悩んで考えだした嘘だったんだろう。

「洋介さんから、最近電話はかかってきませんでしたか？」

私は控《ひか》えめに聞いてみた。洋介さんは永春さんからもう便利屋に桃子さんらしき人がボディガードを頼みにきたことを聞いているだろうと思ったのだ。

「かかってきたわ。余計なことをするなって、頭から怒られちゃった」

「どうして？　怒るなんてひどい」

　思わずそう言ってしまうと、彼女は薄く微笑《ほほえ》む。

「いいのよ。実際、余計なことをしたんだから」

「でも、桃子さんは洋介さんのことを心配して」

　言いかけた私を、横にいた永春さんが止めた。

「洋介が事務所から独立しようとしてるのは知ってる？」

　永春さんの質問に、桃子さんは顔をあげる。

「したいとはずっと前から言ってたけど、具体的には……」

「洋介から聞いたんだ。今年中には独立したいらしいんだけど、それをマネージャーが反対してね。事務所を辞める気なら、おまえの父親がどうなるかわからないぞって脅《おど》かしたらしい」

　それを聞いて、桃子さんは目を丸くした。

「本当に？」

　本当かと聞かれて、永春さんははっきり「うん」とは答えなかった。

「知らなかった。洋介さん、そういうことは私に教えてくれないから」

「心配かけたくないからだろう」

　しばらく考えていた彼女は、そっと口を開いた。

「じゃあ、あの晩、洋介さんが話していたのは、そのことかしら？　お父さんに、マネージャーが狙っているから用心しろって言ってたのかもしれないわね」

それでは、辻褄《つじつま》があわない。洋介さんは私達に、父には内緒《ないしょ》でボディガードをしてほしいと頼んでるのだから。でも、私も永春さんもそのことは黙っていた。今はこれ以上桃子さんを混乱させたらかわいそうだ。

「洋介は、お父さんのボディガードを豹助さんに頼んだんだ。だから、桃子はあまり心配しないでいいよ」

「だったら、安心だわ」

「うん。でも、桃子も出歩く時は気をつけてくれよ。何があるかわからないから」

桃子さんはそれで納得したようだったけれど、私はまだ釈然《しゃくぜん》としないことがいっぱいあった。下剤のことだって、まだどういうわけかわからないままだ。

永春さんと私は、そこで腰をあげた。玄関を出て門の所まで一緒に出てきた桃子さんは、まだ何か言いたそうな顔をしている。

じゃあまた、と言った永春さんに、彼女はあわてて声をかける。

「あの、永春君」

私、やっぱりふたりきりにしてあげるべきだったかなと思った。

「私、先に帰るね。少しふたりで話したら」

生意気な口をきいて歩きだそうとすると、桃子さんが「実乃ちゃん、待って」と引き止めた。

「待って、違うのよ」

私はキョトンと振り返る。

「明日から、神社で盆踊《ぼんおど》りがあるでしょ。私、洋介さんと行く約束してるんだけど、永春君と実乃ちゃんも一緒に行かない？」

私と永春さんは顔を見合わせる。

「でも、おじゃまじゃないですか」

「地元でふたりきりで歩くのは、やっぱりまずいし。それにマネージャーさんも、この町にいると思うと、ちょっとこわいから」

永春さんは、なるほどという顔をした。

7

今でも洋介《ようすけ》さんと桃子《ももこ》さんが恋人同士なら、彼女に永春《えいしゅん》さんを取られる心配はない。そのことに気がついた私は、ひさしぶりに上機嫌になった。それに、永春さんと盆踊《ぼんおど》りなんて楽しいじゃない。

あんまり嬉《うれ》しくて、花乃《かの》ちゃんに「明日は永春さんと盆踊りに行くんだよ」と自慢してしまった。そしたら、花乃ちゃんが「いっしょに行く」と言いだした。

「だ、だめ。絶対だめ」

「なんでよ。いいじゃない」

「お姉ちゃんは友達と行けばいいでしょう」

私がムキになって抵抗したのが、またいけなかった。彼女は、何かあるなとピンときてしまったらしい。お姉ちゃんは逃げる私をつかまえて畳《たたみ》に組み伏《ふ》した。私は悲鳴をあげる。

「どうして駄目《だめ》なのよ。理由を言いなさいよ」

「それは、その……永春さんとふたりで行きたいから、わ、きゃははは、やめてっ」

脇腹《わきばら》をくすぐられて、私は悶《もだ》える。首を絞《し》められるよりつらい拷問《ごうもん》だ。

「ひゃははは、やだあ、わかった、言います、やめてください〜っ」

懇願《こんがん》すると、やっと花乃ちゃんは手を放してくれた。私は肩で息をしながら起きあがる。

「嘘《うそ》ついたら今度は足の裏だからね」

「わかったよ、正直に言うよ。でも、花乃ちゃんきっと聞かなきゃよかったと思うよ」

私は洋介さんのボディガードを頼みにきた美人が彼の恋人だったことと、そのふたりと一緒に盆踊りに行くことを花乃ちゃんに教えた。

ポカンと口を開けていたお姉ちゃんは、「……恋人がいたんだ」と呟《つぶや》くと、フラフラと自分の部屋へあがっていってしまった。

ほら、聞かなきゃよかったのに。


ショックで打ちのめされているはずの花乃ちゃんは、翌日、すっかり立ちなおっていた。昼間から畳の上にありったけの浴衣《ゆかた》を広げて、どれを着ていこうかと楽しそうだ。

「ちょっと、花乃ちゃん？　一緒に行く気？」

「そうよ」

鼻歌を歌って、お姉ちゃんは鏡に向かって浴衣をあわせている。

「でも、洋介さんの彼女も来るんだよ」

振り向くと、彼女は明るく肩をすくめた。

「考えてみればさ。あの人に恋人がいないほうが不自然じゃない。芸能人なんだから、私が悔《くや》しがってもしようがないもん。それに、私はその桃子さんって人見てないからさ。私よりかわいいかどうか見てみなきゃ」

それを聞いて私は「さすが花乃ちゃん」と心底感心してしまった。

何を聞いても、プラスのほうへ解釈してしまう性格は、見習わなくてはいけない。

そして、花乃ちゃんのいいところは、おめかしする時は私までいっしょに飾ってくれるところだ。この前、洋介さんに会いに行った時も、いいって言うのに、無理矢理自分のワンピースを私に着せた。

今日は、藍色《あいいろ》でつめ草模様の浴衣を、うむを言わさず着せてくれた。

三面鏡に映った自分を見て、私は唸《うな》った。自分で言うのもなんだけど、結構かわいいかも。

「なかなか、いいね。実乃はそういう色が似合うよ」

そういう花乃ちゃんは、白地にひまわり模様という派手《はで》な浴衣を着ている。私が着たら子供っぽくなりそうな柄《がら》を花乃ちゃんが着ると何故だか色っぽい。

ふたりで下駄《げた》をカラカラいわせて、待ちあわせの鳥居まで行くと、永春さんとハズムが立っていた。私はハズムに声をかけた覚えはなかった。

「私が呼んだのよ。実乃は気がきかないから」

キョトンとしている私に、花乃ちゃんはそう言った。

気がきかないって、何よ。今日は、ハズムは関係ないじゃないか。

「お、ふたりともかわいいなあ」

私達に気がつくと、永春さんは顔をほころばせた。ハズムは鳥居によりかかり、黙ってニヤニヤしている。

「なんかおかしい？」

浴衣姿を笑われた気がして、私はつっかかるようにハズムに聞く。

「別に。かわいいじゃん」

「無理しないでいいよ」

永春さんと同じことを言われても、ハズムに言われるとどうも厭味《いやみ》に聞こえてしまう。

「遅くなってごめん」

男の人の声がして、私達は振り返った。この前見た時と同じシャツを着た洋介さんが立っている。今日は、伊達《だて》らしい眼鏡《めがね》をかけていた。

「わあ、洋介さん。こちらが彼女サンですかあ」

彼の後ろに立っていた桃子さんに、花乃ちゃんは笑いかけた。

洋介さんは、シッと人差し指を立てる。

「今日、俺《おれ》のことをヨースケって呼んだら、蹴《け》り入れるからな」

私達はどっと笑ったが、桃子さんは黙って微笑《ほほえ》んでいるだけだ。彼女にしてみれば、笑いごとじゃないのかもしれない。

でも、誰が見たって彼がテレビに出ている黒木《くろき》洋介だとは気がつかないに違いない。洋介さんもそう思っているからこそ、桃子さんと肩を並べて歩いてきたんだろう。

そろそろ行こうよ、とみんな歩きだすと、さりげなく洋介さんが私に寄ってきた。

「今日は、お父さんは？」

「あ、行ってます」

熊田さんの尾行《びこう》に行っているという意味だ。

「そうか、俺は遊んでるのになんだか悪いな」

「いいんですよ、お金いただいてるんですから」

そう言うと、洋介さんはホッとした顔をして桃子さんの所へ戻っていった。

洋介さんが離れていってくれて、私は息を吐《は》いた。やっぱり今の私には洋介さんの顔がまともに見られない。

両側に出店が並んだ参道を、私達はゆっくり歩いた。まだうす明るい道にテキヤの電灯が眩《まぶ》しい。

この神社は県内でも大きいほうなので、盆踊りっていうと、結構人が出てにぎやかになる。盆踊りの櫓《やぐら》は、並んだ出店のずっと先に見えている。

「実乃。ワタアメ買ってやろうか」

ハズムがそう言って、浴衣の袖《そで》を引っぱってきた。

「どうしたの？」

「どうしたって？」

「今日はやさしいじゃん」

「俺はいつもやさしいだろ」

ケロリと言うと、ハズムはあっという間にピンクの綿菓子《わたがし》を買ってきた。綿菓子なんか手に持つのは何年ぶりだろう。お母さんがまだいた頃、駄々《だだ》こねて買ってもらった記憶がある。

「へへへ」

モコモコの綿菓子をちぎって口に入れる。その甘さが嬉《うれ》しくて笑ってしまった。

「小さい時ね、これ絶対買ってもらえなかったんだ」

「へえ。なんで？」

「これって砂糖のかたまりでしょ。食べてるうちに顔中ベタベタにしちゃうから」

「そうだったな。ガキん時は、その中に顔つっこんで食べたもんな」

私とハズムは、テキヤをひやかしながらゆっくり歩いた。いつになくハズムが親切に思えて私は首を傾げたけど、不機嫌な時よりはずっといいので、特に理由は聞かないでおいた。

あちこち覗《のぞ》いてきたので、永春さん達よりずっと遅れて、櫓のある広場に着いた。どこだろうと見渡していると、花乃ちゃんがやってきた。

「永春さん達は？」

「それがさ」

お姉ちゃんは声をひそめて、視線で三人の居場所を示した。

「ほら見て。三人で盛りあがっちゃって。なんだか私ひとり、話に入っていけなくて」

見ると、永春さん達はちょうど踊りの輪に入ろうとしているところだった。ひとりが何かを言うと、あとのふたりがおなかを押さえて笑っている。ものすごく楽しそうだった。

「しようがない。ガキはガキ同士、なんか食べましょうよ」

三人が盛りあがっているのを横目で見ながら、私は花乃ちゃんに続いて歩きだした。出店でやきそばを買って、大きな藤棚《ふじだな》の下にある石のベンチに腰をおろした。私は肩を落としてボソボソやきそばを食べる。

〝永春さんと盆踊り〟だったはずなのに、肝心《かんじん》の永春さんを取られてしまった。

「隣はうるさいわねえ」

どッと笑ったお隣のベンチを花乃ちゃんが睨《にら》む。つられて見てみると、三十歳ぐらいの男の人が数人、浴衣姿でビールを飲んでいた。その中のひとりが、ふとこっちに顔を向ける。

「あ〜っ！」

私もその人も、ふたりとも思わず立ちあがってしまった。

「越田《こしだ》先生」

「おう、実乃じゃないか。やや、みなさんお揃《そろ》いで」

越田先生は、缶《かん》ビールを持ったままこちらに歩いてきた。

「やだ。先生だったの？　うるさい酔っぱらいがいるなって思ってたのよ」

花乃ちゃんが笑って先生の浴衣をつっつく。

「わるい、わるい。友達なんだ」

「男同士で酒盛りなんてさみしいですねー」

「いいんだ。先生は男が好きなんだ」

越田先生は、私とハズムのクラスの担任だ。男の人には珍しく音楽の先生で、花乃ちゃんも習ったことがあるから知っている。

「それにしても、浴衣がはまってますね」

ハズムが笑いをこらえながら言うと、先生は仕方なさそうに首を垂《た》れた。

越田先生は、顔と体型があのバカボンそっくりなのだ。それで浴衣なんか着て、ビールで顔を赤くしてるから本当にバカボンそっくりになってしまってる。

「学校で言いふらすなよなあ」

「それは先生の心がけしだいよね」

「はいはい。かしこまりました」

先生はしぶしぶお財布《さいふ》から千円札を出して花乃ちゃんに渡した。

「わあい。先生は何が食べたい？」

「そうだなあ。林檎《りんご》の飴《あめ》……」

言いかけて、彼はおや？という顔をした。

「先生？」

彼の視線の先に、私達は顔を向けた。連《つら》なる提灯《ちょうちん》に照らされた踊りの輪に、永春さん達三人の姿が見える。

「ありゃ、黒木洋介だ」

呟く越田先生を、私はびっくりして振り返った。

「どうしてわかったんですか？」

私は先生の胸ぐらをつかまんばかりに聞いた。

「いやあ。僕は彼らの先輩だったから」

「高校の時、ブラバンに入っててさ。その時、ひとつ下に彼らがいたんだよ。実乃達はどうして知ってんの？」

私と永春さんが仲良しで、それで洋介さんと桃子さんとも知りあいになったことを私は
簡単に説明した。

「へええ。世間は狭《せま》いねえ。あ、この町が狭いだけか」

先生は懐かしそうに三人の姿を眺《なが》めた。彼らは私達のほうを見もせず、盛りあがって笑っている。

「洋介はテレビで見ると別人みたいだよな。名字《みょうじ》が芸名だから、最初分かんなかったよ」

独《ひと》り言《ごと》のように呟く先生に、私はそれとなく聞いてみる。

「桃子さんって人気があったらしいですね」

「ああ。かわいかったからなあ」

「永春さんと洋介さんで、取りあったって言ってましたよ」

冗談めかして言うと、先生は細い目を丸くしてこっちを見た。

「誰に聞いたの？」

真面目《まじめ》に聞かれて、私はうろたえる。

「え、あの……永春さんから」

「ああ、そうか。本人から聞いたのか」

バカボン越田は、持っていた缶ビールを傾けて飲んだ。

「もう何年もたってるから、仲直りしたんだろうな。当時はどうなることかと思ったよ」

「え？」

酔っぱらって饒舌《じょうぜつ》になっている先生は、悪びれた様子もなく話を続ける。ハズムと花乃ちゃんは、いったいなんの話だという顔をしていた。

「ほら、永春と桃子は中学からずっとの仲だったろ。結局それを、洋介が横取りしたってことになっちゃったからなあ」

私は耳を疑った。

「あの穏和《おんわ》な永春が、あんなに荒れるとは思ってなかったよ」

「荒れた？」

「不良になるとかじゃないんだけどね。話しかけても笑うどころか返事もしないんだ。目なんかこうギロッとしちゃってさ、僕なんかこわくて近よれなかったね」

手が小さく震えてくるのがわかった。私はそれを悟られまいと、ギュッと両手を握りしめる。

「そりゃ、桃子が心変わりしたのが一番悪いんだけどね。でも、当の洋介は三年の途中で学校辞《や》めて上京しちゃうし、だからといって永春は取りつくしまもないし。桃子が一番つらかったんじゃないかな……でもまあ、昔のことだよ。今はああやって三人で笑ってんだから、時間の威力《いりょく》ってのはすごいよなあ」

そんなこと。

そんなこと、全然知らなかった。

「実乃？」

花乃ちゃんに声をかけられて私はとっさに立ちあがると、彼女の手から千円札を奪い取る。

「あ、私が買ってくるね。林檎の飴でいいんでしょ」

お姉ちゃんがうしろで呼ぶ声がしたけど、振り返らずに私は走った。

やみくもに走って、私は広場の端で足を止める。自分の下駄を見おろして私は肩で息をした。

ショックだった。こんな心臓が引っくりかえりそうなことは、初てだった。

永春さんから恋敵《こいがたき》だったと聞かされて、私はふたり同時に告白でもして、片方がふられたぐらいにしか考えていなかった。そんな、子供のお遊びみたいな微笑《ほほえ》ましいものじゃなかったんだ。

永春さんと桃子さんは、中学の時からずっとだって言っていた。きっと、どっから見ても永遠に続きそうなカップルに見えたことだろう。

私は鼻緒《はなお》の先を睨《にら》んで、奥歯を嚙《か》みしめる。

そういえば、永春さんはこの前こんなことを言ってたっけ。

ここ六年ぐらい怒ったことがないって。

六年って数字が妙に具体的だったんで印象に残ってた。それは、六年前に出家《しゅつけ》を決心するほど怒ったことがあるという意味だったのかもしれない。

もうずいぶん前、それこそ六年も前の話で、当の本人達は和解して笑っているというのに、私はショックでうちのめされた。

自分でもよく分からない。どうしてこんなに動揺してるんだろう。

悲しかった。悔しかった。

人々の笑い声も大きく響く太鼓《たいこ》の音も、何も聞こえなくなってしまうくらい、頭の芯《しん》が痺《しび》れていく。

「おい、実乃」

呼ばれて顔をあげると目の前にハズムが立っていた。彼はジーンズのポケットに両手を入れて、ふてくされたような顔で私を見ていた。

「林檎の飴は？」

「あ……うん」

うまく返事ができなくて私は目を伏せる。

「あっちに売ってたぜ。行こう」

右手を差しだされて、私はギクシャクと彼の手に自分の手をのせた。ハズムは、同性の友達のように自然に手を握って歩きだす。そして怒ったような口調で、こんなことを言いだした。

「そんなに、あの坊主《ぼうず》が好きなのかよ」

驚いて顔をあげると、そんなことはお見通しだよという表情のハズムがいる。私はごまかす気力もなく頷《うなず》いた。

「歳《とし》の差がありすぎるよ。いくつ違うと思ってんだ？」

立ち止まった彼は、呆《あき》れた口調でそう言う。

「あの人は俺もいい人だと思うよ。実乃が憧《あこが》れる気持ちも分かるけどさ。恋愛の対象にみてくれるわけないじゃん。あきらめろよ」

私はそれを聞いて、気が遠くなるような気がした。分かりきっていることなのに、他人の口から聞かされるとなんて残酷なんだろう。

私は両手で顔を覆《おお》った。不覚にも涙が溢《あふ》れてきてしまったのだ。

「お、おい。泣くなよな」

ハズムは、泣かれてしまったことによほど驚いたのか、珍しくうろたえている。

「俺は慰《なぐさ》めたんだぜ。どうして泣くんだよ。おい、頼むよ。実乃」

慰めただと？　あれだけきついこと言っといて何言ってるんだろう。

「わかった。謝る。ごめん。ちょっと待ってろ。なんか買ってきてやっから」

感極《かんきわ》まって泣きだしたのに、ハズムがあんまりオタオタしてるんで、なんだか涙が引っこんでしまった。浴衣の袖《そで》で、ぐすぐす涙やら鼻水やら拭《ふ》いていると、ハズムが走って戻ってくる。手には水の入ったゴムのヨーヨーを持っていた。

「ほら、これで機嫌なおせ」

渡されて私はポカンとした。小学生じゃないんだから、こんな物でごまかされるわけないじゃないか。

でも、泣いた女の子を慰める方法が、ほかに思いつかなかったんだろう。私はおかしくなってしまって小さく笑った。私が笑ったので、ハズムは心底ホッとしたようだった。

「ほら、行こうぜ。飴買うんだろ」

「……うん」

赤いヨーヨーをボヨンボヨン手でついて、私はハズムに続いて歩きだした。泣いたせいか、櫓《やぐら》からさがった提灯《ちょうちん》がぼんやりして見える。

ハズムのおかげで一応落ち着いたものの、胸の奥のほうに、ずっしりと重いかたまりみたいなものがあった。

もう家へ帰りたかった。これからまた、永春さんたちの前で無邪気《むじゃき》な顔して笑わなきゃいけないのかと思うと、ものすごくつらかった。

ほの暗い場所から、提灯のさがった明るい広場に出る。さっきの藤棚の下に花乃ちゃんの背中が見えた。その横には、永春さん達三人の姿もある。

それを見て、重い溜《た》め息をついた時のことだった。

参道のほうから急ぎ足で藤棚のほうへ向かう、中年の男の人の姿が見えた。その人が永春さん達を大きな声で呼んだ。彼らは驚いてその人に顔を向ける。

私もびっくりして、駆けだした。やってきたのは、うちのお父さんだった。

どこかを走りまわってきたようで、お父さんのうすい髪は見るも無残に乱れていた。

息切れしたお父さんは、せっぱつまったようにこう言った。

「誰か、熊田《くまだ》さんに会わなかったか?」

私達はなんだなんだと、お父さんを取り囲む。

「親父がどうかしましたか?」

ただならぬ雰囲気《ふんいき》を察してか、洋介さんがお父さんに迫った。

「それが、尾行して見失っちまったんだ。申し訳ない」

曲げた膝《ひざ》に手をついて、つらそうに息しているお父さんを洋介さんが両手で揺する。

「どういうことです、豹助《ひょうすけ》さん」

「変なんだ。今日、熊田さんは銀行が終わるとまた洋介さんの泊まってるホテルへ行ったんだよ。で、ホテルの前で張ってたら、入り口からマネージャーが出てきた」

私達は、目を見開いてお父さんの話を聞いた。

「あれって思っていたら、その後ろから熊田さんがコソコソ出てきて……熊田さんは、こっそりマネージャーのあとをつけて歩きだしたんだ。それで、俺も熊田さんのあとをつけて……」

勢いこんで喋《しゃべ》ったせいか、父はそこで大きくむせた。私はあわててお父さんの背中をさする。

「それで、ここまできたんだが、人ごみの中で見失っちまって」

洋介さんの顔色がさっと変わるのがわかった。そして躊躇《ちゅうちょ》もせず、彼は私達に顔を向け、

「すまないけど、手分けして捜してくれないか」と言った。

反射的にみんなは頷いた。洋介さんが走りだしたのを見送って、私はどうしようかとうろたえた。振り向くと、花乃ちゃんがお父さんをベンチに座らせている。その横で桃子さんも心配そうな顔をしていた。

お父さんのことは、彼女達にまかせて大丈夫みたいなので、私は迷いをふっ切るように駆けだした。

自慢じゃないが、私は足が早い。

今日は浴衣《ゆかた》着て下駄なんか履《は》いてるからいつもほどスピードは出ないけど、それでもわりとすぐ洋介さんの背中を見つけることができた。

洋介さんのあとを追うことにしたのは、彼が熊田さんかマネージャーか、どちらかを見つけた時の反応を見たいと思ったからだ。もしかしたら、何か分かるかもしれないという直感だった。

ところが、私の直感は結構捨てたもんじゃないらしく、洋介さんは明らかに変な行動を取った。

もし、人を捜しているのなら、あちこち回ってキョロキョロするはずだ。

それなのに、洋介さんはどこかに向かってまっすぐ走っている。あっという間にお祭りの明かりを抜け、神社の裏へ出た。

暗い路地に入ると、洋介さんは少しスピードをゆるめた。ゆるめたといっても、走るのをやめたわけではなく、どこかへ急いでいる様子は変わらない。

走るたびにポヨンポヨン音がするヨーヨーを浴衣の袖に突っこんで、私は洋介さんのあとを追った。彼はちらりとも振り向かない。誰かがついてきているかどうか、気を配る余裕もないのかもしれない。

畑の脇道《わきみち》を抜けていく洋介さんの白い背中を追いかけながら、私は考えた。

さっきお父さんは、熊田さんがマネージャーのあとをつけていたと言っていた。

逆なら分かる。マネージャーが熊田さんのあとを追っていたのなら、どこかで熊田さんをつかまえて暴力をふるうつもりなのだろうと。

でも、どうしてあの気の小さそうな熊田さんが、マネージャーのあとをこっそりつけたりするのだろう。私はそこまで考えて、思わず「あっ」と声を出してしまった。そしてあわてて口を押さえる。

考えもしなかったけど、もしかしたら逆なのかもしれない。

洋介さんから聞いた通り、マネージャーが熊田さんに暴力をふるおうとしているって思いこんでいたけれど、その逆だったらどうだろう。

熊田さんが、マネージャーのことを殺そうなんて考えてるとしたら？

でも、もしそうだとしても、理由は何だろう？

考えながら、洋介さんのあとを追っていくと、だんだん山に近づいてきた。林の小道へ、洋介さんはためらいもせず進んでいく。

こんなしんとしている所じゃ、近づいたら尾行していることがばれてしまう。

仕方なく、私は歩調をゆるめてそろりそろりと林の中へ入った。

小さい頃、よくこの辺で探検ごっこなんかをして遊んだことを思い出した。この林道の先には、高い崖《がけ》がそびえていてそこには古い防空壕《ぼうくうごう》がある。落石があって誰かが怪我《けが》をしてからは、近よってはいけないことになっていた。

この先にはどこかへ抜ける道なんかなかったはずだ。いったい、洋介さんはどこへ行く気なんだろう。

そろそろ林を抜ける頃だなと思っていたら、木と木の間に、洋介さんの白いシャツがぼんやりと見えた。私はその辺の茂みに入って、腰をかがめる。

街灯なんかない場所だけれど、幸い頭の上のお月様が満月に近かった。暗い茂みの中からは、防空壕の前に立つ洋介さんの様子がよく見える。

洋介さんは防空壕の前に立って、中を眺きこむような格好をした。

「やっぱりここだったのか」

しんと静まった林の中に、洋介さんの声が驚くほどよく聞こえた。

その時、防空壕の中からゆらりと人影が見えた。よく見ると、紫《むらさき》っぽい趣味の悪いアロハシャツ。遠くから見てもすぐマネージャーだとわかった。

「親父《おやじ》は？」

「知らねえよ。待ってんのに来やしねえ。それより、なんで洋介がここを知ってんだよ」

洋介さんは答えない。じっとふたりは向きあっている。

「なんでもなにもねえな。クマ公がしゃべったのか」

笑ったような声でマネージャーがそう言う。私は緊張《きんちょう》してふたりの会話を聞いていた。

「煙草《たばこ》もなくなっちまった。洋介、持ってないか？」

煙草のパッケージらしきものを、マネージャーが地面に放った時のことだった。頭の上のほうでゴツッと低い音がした気がして、私は反射的に崖の上を見た。

そして息をのむ。

大きな岩が数個、転がりはじめたところだったのだ。

「あぶない！」

何も考えられず、私はありったけの声で叫んだ。

洋介さんとマネージャーがこちらを振り返る。そして、落ちてくる岩に気がつき、逃げだすのがスローモーションのように見えた。

岩が落ちてくる音に、私は思わず目をつぶった。

大きな音を耳をふさいでやり過ごすと、私はビクビクしながら目を開けた。

防空壕の前には、洋介さんとマネージャーが倒れている。そして、落ちてきた大きな岩がいくつも転がっていた。ガクガクしていると、ふたりともすぐに頭を振って起きあがった。

私はホッと息を吐いて茂みから出た。また落ちてきやしないかと上を見た時、私は崖の上に、ちらりと人影を見た。

「実乃ちゃん」

洋介さんに呼ばれて、私は崖の上を指差した。

「見て。誰かいる」

洋介さんもマネージャーもあわてて崖を仰《あお》いだ。でもその時には、もう人の姿は消えている。

「どうして、ついてきたりしたんだ」

聞かれても、私は崖の上から目が離せない。

「本当にいたのよ。誰かが岩を落としたんだよ」

「実乃ちゃん」

すっかり興奮してしまった私の手首を、洋介さんがつかんだ。その力があんまり強かったんで私はヤバイと思った。しばらく、私と洋介さんは睨みあった。そして彼は、ふいにニッコリ笑った。

「こわいこと言わないでくれよ。ただの落石だろ」

「で、でも」

「実乃ちゃんは怪我はないかい？」

柔らかく聞かれて、私はしぶしぶ首を振る。まるめこもうとしているのがみえみえだった。

「洋介さんたちは大丈夫？」

「ああ、平気だよ。実乃ちゃんが声をだしてくれたおかげだ」

マネージャーは私なんか見もしないで、何やらじっと考えこんでいる。

「あの、洋介さん」

ごまかされる前に、どうしてこんな所に来たのかと聞こうとした。けれど、しゃあしゃあと爽《さわ》やかな笑顔を浮かべて、洋介さんは私の肩を叩いた。

「僕達はこのままホテルへ帰るから、実乃ちゃん、みんなにそう言って謝っておいてくれないか。悪いね」

そしてマネージャーの背中を促《うなが》すと、洋介さんはさっさと林の道を歩いて行ってしまった。

ひとり残された私は、しばらくそこで茫然《ぼうぜん》としていた。

8

昼間でも、防空壕《ぼうくうごう》の前は木々の影に覆《おお》われて薄暗かった。

私は、昨日落ちたまま転がっている岩のそばに立って、崖《がけ》の上を見あげた。

さっと闇《やみ》に消えた人影は、暗い色のスーツを着た小太りの男に見えた。錯覚《さっかく》かもしれない。自信はない。けれど私にはそう見えた。

「そりゃやっぱ、クマ親父《おやじ》なんじゃない？」

隣で上を見あげているハズムがそう呟《つぶや》く。

昨日の晩、私が血相を変えて神社に戻ると、みんなが心配顔で待っていた。

見てきたことを全部話すと、一同しーんとなってしまった。一番、何か思いあたる節《ふし》がありそうなのは桃子《ももこ》さんなのだが、彼女もまったく理由がわからないと首を振る。

考えていても仕方ないので、お父さんが熊田《くまだ》さんの家に電話をかけてみると、彼は家に戻っていた。

どこに行っていたのかと聞いても、彼は「どこにも行ってません」と冷たく言って電話を切ってしまったそうだ。

洋介《ようすけ》さん、熊田さん、マネージャー。

この三人の奇怪な行動に、私達は悩んでしまった。いったい、この人達の間には何があるんだろうか。

みんなでさんざん話しあった末に出た結論はこうだった。

うちの店は探偵屋じゃなく便利屋だから、頼まれた仕事を忠実にやるしかない。それは、熊田さんのボディガードだ。

洋介さんのコンサートまであと二日だから、その二日間、熊田さんをべったりマークしよう。それで、何事も起きなければもう関りになるのはやめようということになった。

そうやって一度割りきってはみたものの、やっぱり私は防空壕が気になってしかたなかった。

永春《えいしゅん》さんは危ないから行っちゃいけないと言ったが、私はハズムを誘って来てしまった。

「俺はさあ。どっちがどっちを狙《ねら》ってるとかじゃないと思うな」

防空壕の入り口には、人が入れないように大人の腰ぐらいの高さまでブロックが積んである。その上にヒョイと乗ってハズムが言った。

「え？」

「実乃《みの》がさっき、熊田さんがマネージャーを狙ってるように思うって言っただろ」

「ああ、そのことね」

「洋介と熊田は親子だから、まあ普通に考えてぐるだろ。だから、洋介・熊田チーム対マネージャーなんだよ」

ハズムはそう断定して、私の前に右手を差しだした。昨日もこんなことがあったなって思いながら、私はハズムの両手を握った。力をこめてハズムが私を引っぱる。おかげで私は、楽にブロックの上に乗ることができた。

「おたがいがおたがいを、隙《すき》あらばどうにかしようとしてるんじゃないかな」

そうハズムは言って私の顔を見た。私は曖昧《あいまい》に首を傾げる。

「殺そうとまで考えてんのかな」

「あのでかい岩が落ちてくるの見たんだろ。直撃してたら死んでるよ」

改めて言われて背筋がゾッとしてしまった。

防空壕の中におりると、中は驚くほど涼《すず》しかった。ハズムが持ってきた懐中電灯のスイッチを入れると、岩肌《はだ》に光の丸ができる。

私は小さい時、この防空壕に入って遊んだことがある。記憶通りゴツゴツした地面には、古びたバケツだの壊れた傘《かさ》だのが転がっていた。

「こっちから先には、入れそうもない」

ハズムの独《ひと》り言《ごと》が防空壕の中に響いた。入って一五メートルぐらいの所から、穴は急に狭くなっている。子供の時こっそり頭をつっこんで、百足《むかで》の大群に悲鳴をあげたのを思い出した。

「ねえ、殺そうとするほどの理由ってなんだろう」

百足のことを思い出したので、私は入り口付近に立ったまま奥のハズムに声をかけた。懐中電灯の光ごとハズムが振り返る。

「あのマネージャーだもん、洋介さんが反感持つのは分かるよ。でも、事務所から独立するのに邪魔《じゃま》なぐらいで、人ひとり殺そうと思うかな」

「だから、それは『父親を殺す』とかマネージャーに脅《おど》かされたんじゃないのか？」

「ハズムが誰かに『殺す』って驚かされたら、逆に『殺される前に殺してやろう』って思う？」

私に聞かれて、ハズムは肩をすくめた。

「お巡りかなんかを呼ぶな」

「そうでしょ。それなのに、警察じゃなくて便利屋なんかにボディガードを頼んだってことはさ、洋介さん達にも、警察に知られちゃ困るような弱みがあるんじゃないかな」

「それで、その弱みをマネージャーが握ってる？」

ハズムの言葉に私は大きく頷《うなず》いた。

「うずまく陰謀《いんぼう》」

笑いながらハズムは言った。それから地面のガラクタに明かりをあてる。

「そういえば昨日、洋介さんが『親父は？』って聞いた時、マネージャーが『待ってるのに来ない』って言ってたな」

唐突《とうとつ》に思い出して私は呟いた。

「クマ親父が呼び出して、マネージャーの頭の上に石を落とすつもりだったからだろ」

それはそうかもしれないけど、あのマネージャー、ちっとも不安そうな様子がなかった。呼び出されてきた場所が、誰も来ないような夜更《よふ》けの防空壕だったら、普通はもっとソワソワするんじゃないだろうか。

それとも、前にも来たことあるのかな。

そう思いながらハズムが照らす地面を眺《なが》めていると、私は煙草《たばこ》の吸い殻《がら》が落ちているのに気がついた。

「ハズム。ちょっと貸して」

懐中電灯を受け取ると、私は古いトランクのそばにしゃがみこむ。そこには、かなり沢山の煙草の吸い殻が落ちていた。

「どうした？」

「吸い殻……見て、全部同じ銘柄《めいがら》だよ」

それがどうかしたかという顔で、ハズムが首を傾げる。

「ほら、すごく古そうなのから、新しいのまであるでしょ」

「で？」

「なんで分かんないのよ。ひとりの人が、かなり前から、定期的にここに来てるってことじゃないの」

あ、そうか、とハズムが立ちあがる。

「あの三人のうちで、煙草吸ってる奴《やつ》はいたっけ？」

「どうだっけ。熊田さんは、煙草なんか吸ってなかったと思うよ。マネージャーは……」

私はそこでハッとした。そういえば昨日の晩、岩が落ちてくる直前にマネージャーが煙草のパッケージを捨てたような気がする。

そう言うと、ハズムがひらりと防空壕から出ていった。入り口から見ていると、彼は落ちている岩の間から、すぐそれを見つけだして戻ってきた。

「なんて煙草？」

「ハイライト」

「これもだよ」

私達はそこにしゃがんで、煙草の吸い殻を指でつまんだ。

「じゃあ、あのマネージャーは、ここによく来てたってことか？」

「そういうことになるよね」

「でも、こんな田舎《いなか》に東京からわざわざ来てたのかよ」

ハズムに言われて、私は唇《くちびる》を尖《とが》らせる。

そういえば、そうだ。マネージャーは洋介さんについてまわってるわけだから、こんな所にそうちょくちょく来るわけないか。

「でも、三か月に一度ぐらいなら、来れないことないよね」

「そりゃそうだけどさあ。何しに来んだよ」

「さあ」

古いトランクの下から、つぶれた吸い殻が覗《のぞ》いている。その下にも吸い殻がありそうだったので、私はしゃがんだままトランクを少し持ちあげてみた。

その時、トランクの下からにょろっと百足が顔を出す。

「わわわわ!」

私はびっくりして、思わずハズムに飛びついてしまった。

「お、おい。いて」

突然抱きつかれて体勢を崩したハズムは、岩の上に尻餅《しりもち》をついた。私は全身に湧《わ》いた悪《お》感《かん》に彼の腕にしがみついた。

「なんだよ、おい」

「む、むかでっ」

「あ~? そんなもんがこわいのか」

認めたくないけど、百足はこわい。虫や蛇《へび》はこわくないのに、クモとかゴキブリとかゲジゲジはこわい。足の数が六本以上だとだめなんだろうか。

しばらくガタガタ震えていると、やっと鳥肌がおさまってきた。正気に戻ってくると、ハズムが私の頭をなでてくれていることに気がついた。

今さらながら、カッと顔に火がつく。大胆《だいたん》なことをしてしまった。

その時、頭の上からもっと大胆な言葉が降ってきた。

「実乃、俺《おれ》お前のこと好きだよ」

私は自分の耳を疑った。そして、顔があげられなくなってしまった。

誰もこない暗い防空壕の中、すっかり抱擁《ほうよう》の状態で、そんなことを言われたら、どう反応したらいいか見当もつかなかった。

ガチガチに固まっていると、ハズムがなんでもない口調で「そろそろ行こうぜ」と言った。

私はギクシャク立ちあがり、服についた埃《ほこり》をはらう。ハズムもジーンズのお尻をポンポン叩いて防空壕の外へ出た。

ハズムが「これからどうすんの」と聞くから「お父さんに差し入れを持ってく」と答えた。

林の外まで一緒に歩くと、彼は「じゃあ、気をつけろよ」と帰って行ってしまった。いつものように笑顔さえ残して。

それだけ。

好きだと言ったあとの、ハズムの行動はそれだけだった。ハズムの背中を見送りながら、私は首を傾げた。

もしかしたら、空耳《そらみみ》だったのかもしれない。いや、確かに聞こえた。ハズムの声だった。好きだよって、そう言った。改めて考えて、私はひとりで赤くなってしまった。

嘘《うそ》でしょ、嘘だろ、嘘だよな、と唱《とな》えながら家へ帰り、嘘でしょ、嘘だろ、嘘だよな、と唱えながら、差し入れのおにぎりを作った。

ボーッとしたままバスに乗って、熊田さんの勤《つと》めている銀行へ向かう。裏の路地に歩いていくと、大漁寿司《たいりょうずし》の真っ赤なクーペが停《と》まっていた。

うしろから車に近づくと、運転席のシートにピンクのリボンが見える。覗きこむと、ハンドルにつっ伏して寝ている花乃《かの》ちゃんがいた。

「お姉ちゃん？　ちょっと」

開いたままの窓から手を入れて彼女の肩を揺すると、花乃ちゃんはむにゃむにゃ言って目を覚ました。

「あら、やっと来たわね。あ〜、飽《あ》きたあ」

大あくびをする彼女を尻目《しりめ》に、私は助手席に乗りこんだ。

「お父さんは？」

「偵察《ていさつ》だとか言って銀行に入ってった。実乃が来るまで乗ってろって命令されちゃってさあ。二時間も待っちゃったわよ」

文句を言いながら、花乃ちゃんはさっそく私が持ってきたバスケットに手を出した。

「おにぎりかあ。サンドイッチがよかったなあ。中身なに？　梅干《うめぼ》しじゃないでしょうね」

手に取ったおにぎりをふたつに割ると、彼女は露骨《ろこつ》に顔をしかめた。

「梅干しだ」

「じゃあ、私が食べるよ。右っかわのはシャケだから、そっち食べたら」

彼女の手から梅干しのおにぎりを受け取ると、私はそれを食べだした。その私の顔を、花乃ちゃんがしげしげ眺めている。

「なに？」

「変だわ。どうして怒らないの？」

「…………」

「いつもだったら、夏場のおにぎりは梅干しが基本って怒るじゃない」

そう言って、お姉ちゃんはさらに私の顔を覗きこむ。彼女の大きな両目に見つめられて、私はドギマギと視線をそらした。

「ふうん」

花乃ちゃんは私の膝《ひざ》をポンポンと叩く。そして、もうそれ以上は何も聞いてこなかった。お姉ちゃんはそういうところは頭がいい。会話のかけひきってもんを知っている。私が何か言いだしにくいことを胸に持ってるって察《さっ》して一歩引いたのだ。そうされると余計言いたくなる。

「あのね、お姉ちゃん」

「なに?」

花乃ちゃんの横顔がやさしい笑顔になる。

「ハズムがね……私のこと好きだって言った……」

驚くだろうと思ったのに、彼女は簡単にそう答えた。

「あらそう」

「し、知ってた?」

「知らなかったのは、あんただけじゃない」

頭の中で鐘《かね》が鳴った。私が口をパクパクしていると、彼女が頭をつついてくる。

「盆踊《ぼんおど》りだって、あんたが呼んであげないから私が呼んであげたのよ」

「でも、私」

「永春さんが好きなんでしょ。まったく、しょうがないわねえ」

そこでやっと、実感が湧《わ》いてきた。

わあーっと叫びだしたいほど、私は照れて真っ赤になった。それなら、ハズムが永春さんに取った態度も納得できる。

助けてくれーっと、花乃ちゃん」私はその辺を走りまわりたい衝動《しょうどう》が突きあげる。困った。これは困った。

「どうしよう、花乃ちゃん」

私は思わずお姉ちゃんの腕にすがった。

「つきあってくれって言われたの？」

「ま、まさか」

「じゃあ、いいじゃない。ほっときなさいよ」

余裕の笑みを浮かべながら彼女はそう言った。冷たいとも言えるその発言に、私は「ああ、そうか」と思った。

そうなんだ。好きだと打ちあけられたにしちゃ、どうも変な感じがしていたのは、返事を求められなかったからだ。

漫画とかだと、必ず告白のあとには相手の返事を求めるじゃない。ハズムはただ独り言のように言って、そのあと何事もなかったような態度だった。

ハズムは、私に何も聞かなかった。でももし、返事を求められたら、私はなんと答えただろう。

ハズムのことは嫌いじゃないけれど。

ああ、そうか。

今の私には、答えはひとつしかないじゃないか。私は、永春さんが好きなんだ。

それが分かっているから、ハズムは何も聞かなかったのだろうか。

「あ、やっと帰ってきた」

私が悶々《もんもん》としていると、花乃ちゃんが車のドアを開けながらそう言った。

彼女がひらりと車からおりてしまうと、かわりにお父さんのお尻が乗りこんでくる。

「花乃ちゃん」

帰ろうとするお姉ちゃんに、私はあわてて声をかける。振り向いた彼女に、私は何をどう言っていいか分からなくて絶句してしまった。

「まあ、ゆっくり考えなさいよ」

お姉ちゃんはそう言うと、手を振って行ってしまった。

「何をゆっくり考えるって？」

お姉ちゃんと同じようにバスケットの中身をさぐりながら、お父さんが聞いてくる。

「……別に」

「ふうん。あいつも、たまにはお姉さんらしいこと言うんだな」

「うん」

食べ物に好き嫌いのないお父さんは、もうおにぎりをかじっている。

「偵察に行ってたんだって？」

私は銀行を顎《あご》で示して聞いた。

「おう。便利屋の宣伝かねてね。クマ公の噂《うわさ》でも聞けないかと思ってたら、びっくりだぜ。噂があるある」

「どんな？」

「クマの奴が、先週さ……」

一気におにぎりを口に入れたせいか、そこでお父さんは苦しそうにむせた。私は水筒を開けて麦茶を注ぎ、お父さんに渡した。

「先週、なに？」

「お、サンキュー。先週、クマの奴、支店長に辞表出したんだってさ」

「辞表？」

麦茶を飲みながら、お父さんは頷く。

「同期の奴がこっそり教えてくれたんだけど、支店長も部長も、あわてて引き止めたらしい。どうして引き止めたと思う？」

聞かれて私は肩をすくめる。

「人手不足だから」

「表向きはそうだ。だけど実は、使いこみの疑いがかけられてんだってよ」

得意げな顔でお父さんはそう打ちあけた。

「使いこみ？」

「ほら、前に伝票ミスがあったって言ってたろ。一度目は始末書で済んだけど、二度目、三度目があったらしい。で、なんか怪《あや》しいんじゃねえかってことになって、今調べてるんだってさ」

ここへきて、そんなことを聞かされるとは思ってなかったので、私は本気でびっくりしてしまった。

「本当なの、それ」

「らしいぜ。それにしても、なんで横領《おうりょう》なんかしたのかね」

私は首を傾げているお父さんを横目で見て考えた。

まとまったお金が必要だったからやったんだろうけど……でも、お金なら息子があんなに稼《かせ》いでるじゃないか。

あ、待てよ。洋介さんが売れだしたのは、ここ一年ぐらいだから、全然売れてなかった時代に、あのマネージャーだったら「息子のために資金をだせ」ぐらい言ったかもしれない。

「マネージャーがゆすってたりして」

小さく言うと、お父さんがおにぎりをくわえたままこちらを見た。

「そっか、おい、実乃。きっとそうだぞ。あのヤクザなマネージャーが、ゆすりやがったんだ。洋介達も銀行の金に手えつけたって事実があるから警察に行けなくて、こっそりマネージャーを殺しちまおうって企《たくら》んだわけだ。よし、警察行くぞ！」

食べかけのおにぎりを放って車のエンジンをかけようとするお父さんの手を、私はピシャンと叩いた。

「やめなよ、バカ」

「バカとはなんだ」

「証拠も何もないんだよ。それより、今日と明日、熊田さんのことちゃんと見張ってたほうがいいって」

私に言われて、お父さんはしばらく不満そうな顔をしてたけど、やがて納得したように肩をすくめる。

「洋介、明日のコンサートが終わったら、すぐ東京帰るんだって？」

「うん。テレビの収録があるらしいよ」

「じゃあ、あとまる一日ぐらいだな。その間になんかありそうな気がすんなあ」

「ないといいけどね」

そうは言ったけど、熊田さんが絡《から》んでいる以上、洋介さんとマネージャーがこの町にいる間に何かあるだろう。

洋介さんは今日リハーサルで、明日はいよいよコンサートだ。彼のまわりには、もうスタッフや警備員がうじゃうじゃしていて、私達はとても近づけない。

私達にできることは、あのクマおじさんを見張っていることぐらいだった。

その夜、熊田さんはいつもの時間に銀行から出てくると、まっすぐ家へ帰った。私達は熊田さんの家のそばに車を停めて、交代で眠りながら、ひと晩中彼がどこかへ出かけないか見張っていた。

車から見える電柱には、黒木洋介のコンサートポスターが貼《は》ってあった。写真に写った洋介さんは、怒ったような顔で私達を睨《にら》んでいる。

洋介さんと睨みあいながら、私達は朝まで過ごした。熊田さんは、とうとう一歩も外へ出なかった。

まだ開場の三時間前だというのに、市民ホールの前は若い女の子達で溢《あふ》れかえっていた。

私とお父さんは、昨日からずっと熊田さんの家の前にいた。午後になってやっと家から出てきた熊田さんのあとを追って車を出した。彼はどこにも寄り道しないでまっすぐ市民ホールへ車を走らせた。

私達は、あらかじめ洋介さんからもらってあったスタッフパスを胸につけて、裏口からホールへ入った。

「ちょっと、ちょっと」

警備員に呼び止められたので、私達はえらそうに胸を張ってスタッフパスを見せる。そうしたら、別に怪しい奴と思ったわけではなかった。

「ヒョウスケっていう便利屋さんって、あんた達？」

中年の警備員がそう聞く。

「はい。そうですけど」

「黒木さんが、舞台にいるから来てほしいって言ってたよ」

私達は、顔を見合わせてから急いで廊下を歩きだした。階段をあがり鉄のドアを押すと、舞台の袖《そで》らしい所へ出た。

「豹助《ひょうすけ》さん、こっちこっち」

聞き慣れた声がして首を伸ばすと、動きまわるスタッフ達の間から、洋介さんの金髪が見えた。

「うわあ、別人ですねえ」

近くで見て私は思わずそんなことを言ってしまった。立てた金髪に、歌舞伎《かぶき》の隈《くま》取《ど》りみたいな化粧。皮の衣装を、じゃらじゃらしたアクセサリーで飾っている。

洋介さんは苦笑《にがわら》いをすると、私達に視線であっちを見ろと示した。ドラムセットの前で、熊田さんがスタッフの人達に頭を下げている姿があった。

ふうん。あの人でも一応、息子をよろしくって挨拶《あいさつ》したりするわけだ。感心して眺めていると、洋介さんがお父さんの肩に手を乗せてそっとこう言った。

「コンサート中はそこらじゅうバタバタして、何が起こるかわからないから……父から目を離さないでほしいんです」

「あ、はい。わかりました」

「じゃあ、豹助さん。悪いけど頼みます」

真剣な顔でそう言って、洋介さんはバンドの人達のほうへ行ってしまった。

「ずいぶんピリピリしてんね」

「そりゃそうだろう」

「マネージャーはどこだろ」

キョロキョロしていると、後ろから「桜井《さくらい》さん」と呼ぶ声がした。私とお父さんは、同時に振り返る。そこには、ずんぐり太って冴《さ》えない背広を着た、熊田さんが立っていた。

「や、やあ、これはクマさん」

「何してるんですか、こんな所で」

いつもと違って、今日の彼はびくびくしていなかった。お父さんは返事につまって頭をかいた。

「いや別に、ちょっと」

「よかったら、お茶でも飲みませんか」

その台詞《せりふ》に、私はもう少しで「えー?」と大きな声を出しそうになった。

この人がお茶に誘ってくるなんて、大地震の前兆《ぜんちょう》だろうか。

「豹助さんにちょっと話があるんだが……あなたは遠慮してくださいませんか」

熊田さんは、別にすまなさそうな顔もしないで私に向かって言った。

お父さんの顔を見て私は頷く。どういう話があるにしろ、内緒で見張っているよりは、面と向かっているほうが安心だろう。

お父さんと熊田さんが行ってしまうと、私は舞台の袖からスタッフ達が駆けまわるのを眺めた。みんな忙しそうで、私なんかには目もくれない。

洋介さんとバンドの人は、もう楽屋《がくや》に行ったようでいなかった。舞台では照明や舞台装置の調整があわただしく行われている。

殺気《さっき》だっている舞台の上と反対に、大きな客席はしんと暗く沈んでいた。あと、何時間かするとこの客席は、興奮した女の子達でいっぱいになるんだろう。

その時突然、うしろから肩をギュッとつかまれた。思わず「ひっ」と息がつまる。

「おめえは、この前のガキだな」

脅《おど》かすような低い声に、私は固まってしまった。

おそるおそる振り返ると、真っ赤なシャツ姿のマネージャーがいた。サングラスの顔が近づいてきたかと思うと、私はポロシャツの襟《えり》を乱暴につかまれた。

「何をウロチョロしてやがんだ」

こわかった。悲鳴もでないくらいこわかった。膝《ひざ》が震えてくるのが分かる。

「いいかげんにしねえと、怪我《けが》すんぞ」

からかうような口調だったが目が笑っていなかった。こいつなら、子供でも女でも平気で殴《なぐ》るにちがいない。

「怪我すんのは、そっちなんじゃないの」

どこからそんな勇気が出たのか、分かんなかった。私は顎《あご》をあげてマネージャーを見返した。

よく見ると貧相《ひんそう》な胸もとだ。こわそうに見せているけど、冷静に見てみると肩だって腕だってヒョロヒョロじゃないか。

「お嬢ちゃん。どういう意味?」

おもしろそうに彼が聞いてくる。私は鼻で笑った。

「そのうち、熊田さんに殺されるよ」

そのとたん、私は思いきり頬《ほお》を張られた。ピシリと音がして左頬が熱くなる。

「小野《おの》さん？」

通りかかったスタッフが、さすがにうしろから声をかけた。大人が知らない女の子を殴っていたら、そりゃ何だと思うだろう。

「部外者は出てけ！　わかったな！」


もちろん、私は出て行かなかった。

しぶしぶ帰るふりをして、舞台の下の倉庫に隠れて膝を抱《かか》えた。叩《たた》かれた頬がひりひりする。痛みよりも悔しさで目が熱くなる。叩きかえしてやるんだった。

唇を噛《か》んで、私は涙をこらえた。あの男と何年も一緒にいたら殺意も湧《わ》くだろうと、私は洋介さんの気持ちが少し分かった。

そのうち、会場がザワザワと騒がしくなる。お客さんが入ってきたようだ。

花乃ちゃんとハズムは見に来ているはずだけど、永春さんは檀家《だんか》さんのおじいちゃんが急に亡《な》くなって、お通夜《つや》だから来れないと言っていた。お葬式じゃ仕方ないけど、なんだか心細い。

コンサートが始まったら出て行こうかなと思っているうちに、地面が揺れるような大歓声がわき起こった。

ものすごい歓声のあと、キーンとギターの音がする。そして、これまた何事かと思うような大きな音がリズムを刻んだ。

私はたまらなくなって、両手で耳をふさぎながら這《は》いだした。どうも、スピーカーの裏に入りこんでいたらしい。

洋介さんの歌う声が、頭の上から聞こえてくる。こそこそと歩きだしても、スタッフ達はみな自分の仕事で忙しいようで、誰も私を咎《とが》めなかった。

舞台の袖にマネージャーの背中があるのを見つけて、私はあわててそばにあった鉄のドアに滑《すべ》りこんだ。

ドアの向こうは、楽屋の廊下だった。人の姿のない廊下に、小さくコンサートの音が流れている。

お父さんはどうしただろう。熊田さんと一緒に楽屋か客席にいるんだろうか。

私はその辺にあるドアを、端からノックして覗いてみた。どの部屋にも食べ散らかしたお弁当なんかがあるだけで人の姿はない。

廊下を行くと、少し広くなっている所にソファセットが置いてあった。その天井にはモニターがさがっていて、今やっているコンサートの様子が映っている。

私は腰かけて画面を見あげた。正面に据《す》えられたカメラで舞台全体を映しているらしく、テレビのように構図が変わるわけじゃなかった。

モニターに小さく映る洋介さんを私は黙って眺めた。バンドの演奏と女の子の歓声が、頭の上からかすかに聞こえてくる。

画面の構図が静止したままだからかもしれないけど、なんだか現実感がなかった。何年も前のビデオを見てるような気がする。

私はソファに深く座りなおして息を吐いた。今、あんまりウロチョロしてもしようがない。終わる頃になったら、もう一度お父さんを捜しに行こう。

そう思って、しばらくモニターを眺めていた。落ち着いてくると。喉《のど》が渇いていることに気がついた。どこかに自動販売機がないかと立ちあがった。

キョロキョロと見渡しながら廊下を歩きだすと、コンサートの音にまざって変な声がしていることに気がついた。

私は眉《まゆ》をよせて立ち止まる。

う〜、う〜、と誰かが唸《うな》っているように聞こえないでもない。よく耳を澄《す》ますと、その声は廊下の一番奥にある扉から聞こえてくるようだった。

私は護身用に、立てかけてあったモップをつかんでそろそろとドアに近づいた。

「……誰かいるの？」

そっと聞くと唸り声が大きくなる。震える手でノブをひねると、鍵《かぎ》はかかっていないらしくドアが開いた。

そっと中を覗き見て、私はモップを放りだす。

「お父さん！」

「ううう、ううっ」

「どうしたの、大丈夫？」

そこには両手両足をビニール紐《ひも》で縛《しば》られ、口をガムテープでふさがれたお父さんが転がっていた。私が口のテープをはがすと、お父さんは息を吐いた。

「ちょっと、どうしたのよ？」

「クマだ」

「え？」

「クマの野郎にやられたんだ。あのヤロー、すげえ馬鹿力でよお。そうだ、早くクマ公捜さねえと」

お父さんがそう言ったと同時に、私はドアへ走った。

「おい！　ほどいてから行け、実乃！」

うしろでお父さんの呼ぶ声がしたけど、私は戻ってる時間も惜《お》しくて舞台裏へ走った。

やばい。これは、やばい。

「マネージャーさんは？」

私はそこらへんにいる人をつかまえて、マネージャーの行方《ゆくえ》を聞いた。どの人に聞いても「さあ?」と首を傾げる。さっきいた舞台の袖へ行っても、マネージャーの姿はなかった。

「マネージャーさん、知りませんか?」

私に聞かれて、袖にいた若い男の人が「ああ」と呟いた。

「さっき、洋介さんのお父さんがきて、ふたりでどっかに行ったよ」

「どっかって?」

「下におりてったけど」

私はさっき自分が隠れていた舞台の下へ階段を駆けおりた。洋介の叫ぶような歌と、ドラムの大きな音がワァンワァン響いている。

暗い舞台下の倉庫には、椅子《いす》や会議用のテーブルが積んである。その陰で何かが動いた。

目を凝《こ》らして見て、ギョッとした。

誰かが誰かの上に馬乗りになっている。そして、高くあげた片手に光る物が握られていた。

それが、すらりと降りおろされる。

「ひ、ひとごろし!　誰かきて!」

夢中で私は叫んだ。

私の叫び声は、コンサートの大音響に飲みこまれてしまう。私は泣きたい気持ちで何度も何度も叫び声をあげた。

「どうした?」

背中で誰かの声がして、そのとたんパッと倉庫の中に電気がついた。

蛍光灯の青い光に照らされて、こちらをうつろに見ていたのは熊田さんだった。

熊田さんの傍《かたわ》らには、赤いシャツの背中が横たわっている。そのシャツの肩のあたりから、シャツと同じ色のものがコンクリートの床に染《し》みだしていた。

「それをこっちへよこせ!」

やってきた制服姿の警備員が熊田さんに向かって怒鳴ると、彼は握っていたものを放した。カチンとナイフが床に落ちる。

息を呑《の》んで私は倒れているマネージャーを見つめる。その時、彼の背中が苦しそうに動いた。刺された肩を押さえて小さく唸る。

ああ、生きてる。そう思ったら腰が抜けてしまい、私はヘナヘナと座りこんでしまった。

「親父!」

そのかすれた声に、私は顔をあげる。汗《あせ》をびっしょりかいた金髪の洋介さんが、ものすごい形相《ぎょうそう》で飛びこんできた。

回らない頭で、コンサートはどうしたんだろうと思うと、アンコール、アンコールという大きな声がしていることに気がついた。

「親父じゃない。そのマネージャーが親父のことを殺そうとしたんだ」

手を血で染めた熊田さんと、倒れているマネージャーを前にしても、洋介さんはそう大きく言った。

「違うんだ。親父がやったんじゃない。実乃ちゃん、そうだろ。見てたんだろ。親父がやったんじゃないって言ってくれ！」

座りこんだ私の腕を取り、洋介さんは噛《か》みつかんばかりにそう言った。

乱暴にからだを揺すられて私は首を振る。警備員があわてて私と洋介さんの間に入ろうとした。

「洋介。いいんだ」

その時、熊田さんがポツンとそう言った。

「もういいんだ。私をかばうのはもうやめろ」

洋介さんは、すがるように自分の父親を見る。私はやっと腕を放されて後ずさりした。

「私が、この小野さんを殺そうとしたんです」

きっぱりと熊田さんはそう口にした。警備員の人に言ったのだろうけど、私にはそれは熊田さんの独り言のように聞こえた。

黒木洋介のアンコールを待つ声が、さらに大きく膨《ふく》らんで会場を揺るがす。

舞台の下の彼は、その声に押しつぶされたように、膝を折って座りこんでしまった。

その後、アンコールはなかった。

演者の体調が思わしくないためこれで終了いたします、という簡単な放送が入りコンサートは終わった。

チケットが買えなくて、会場の外にいた女の子達が救急車が来たのを見たと噂《うわさ》したせいか、それほどの騒ぎも起きず、みな納得して帰って行ったそうだ。

けれど、それからの展開は、黒木洋介のファンにとって大きな衝撃だっただろう。

最初、過労で入院と報道されていたのに、あるスポーツ新聞が「黒木洋介、失踪《しっそう》」とすっぱ抜いたのだ。コンサートから一週間後のことだった。

昼間の芸能ワイドショーや女性週刊誌では、何日かそのことを騒ぎたてていたけど、いつの間にか、ほんの小さな囲み記事にも洋介さんのことは載らなくなってしまった。

永春さんが、桃子さんの家へ電話をしてみると「旅行に行っています」と言われたそうだ。

ふたりでどこかに隠れているのだろうか。

そう思ったけれど、私も永春さんも口には出さなかった。

マネージャーは結局、肩先を浅く刺されただけだったので全治二週間ぐらいだと聞いた。熊田さんのほうは、救急車と一緒にやってきたパトカーに、丸まった背中が乗りこんで行くのを見たのが最後になった。

そのあとどうなったのかは、分からない。

知りあいのお巡りさんに聞いても、県警のほうへ送検されてしまったからと首を振った。そして私達は、誰からも本当のことを教えてもらえないまま毎日を過ごした。

お父さんは「連絡ぐらいよこしやがれ」とずいぶん怒ってたけど、私は黙ってためてしまった夏休みの宿題を片づけることにした。

きっとそのうち、本当のことを教えてくれるだろうって、私は信じてた。

今は無理でも、夏休みの宿題ができあがる頃には、あの人は謝りに来てくれるだろうと思っていた。

だから、永春さんから「洋介が来てる」と電話をもらった時、私は早いよって舌打ちをした。

八月二十九日。まだ宿題は終わってない。

やりかけの数学を投げだして、私はお寺へ急いだ。汗だくになって石段をあがると、お堂の階段の下に、永春さんの草履《ぞうり》と並んで白いスニーカーが脱いであるのが見えた。

私もサンダルを脱いでお堂へあがる。正面に永春さんが見え、こちらに背中を向けた洋介さんがいた。

彼が振り返る。私を見ると、彼ははにかんだように微笑《ほほえ》んだ。

「わっ、黒木洋介がいる」

ふざけた口調で言いながら、私は永春さんの隣に腰をおろす。彼は入れかわりに立ちあがった。

「麦茶でいいかい」

「氷たっぷりね」

「はいはい」

永春さんが奥へ飲み物を取りに行くと、私は先に口を開いた。

「もう、いろいろ済んだんですか？」

我ながら生意気な言い方だったかなと思ったけれど、洋介さんは別に気を悪くしたふうもなく頷《うなず》いた。

「ああ。失踪なんて書かれちゃったけどね。実は警察に呼ばれてあれこれ聞かれてた」

「お父さんは？」

「うん。どうなるかはこれからなんだ。執行猶予《しっこうゆうよ》がつくといいけどね」

洋介さんはすっきり笑ってそう答えた。私はちょっと迷ってから、そっと聞いてみる。

「マネージャーはどうしたの？」

「彼も捕まったよ。あの時は被害者だったけど、叩《たた》けば埃《ほこり》の出る男だ。いろいろ調べられて結局これだ」

洋介さんは、手で首をチョンと切る真似をして笑った。

今日の彼はよれよれのシャツじゃなく、ピシッと白いポロシャツなんか着ている。背筋も心なしか伸びてる感じだ、よっぽど何もかも整理して、すっきりしてきたのだろうか。

「さて、実乃も来たことだし」

永春さんがそう言いながら戻ってきた。お盆ごと床の上におろすと、ひとつは麦茶であとのふたつはからのグラスだった。そして、ビール瓶《びん》が一本。

「あ、ずるい」

「ひと口あげるから」

永春さんに言われて、私は肩をすくめる。

「さて、お話のはじまりはじまり」

パチパチと私と永春さんは手を叩いた。茶化されて、洋介さんは苦笑いをする。

「どっから話していいかわからないんだけど」

「最初っからどうぞ」

そう言いながら、永春さんは洋介さんの持ったコップにビールを注いだ。柔らかそうな泡《あわ》がたつ。

「俺は長いこと知らなかったんだけどね」

今度は、洋介さんが永春さんにビールを注ぐ。永春さんはひと口すると、私にグラスをくれた。

「デビュー当時、あのマネージャーが親父に、契約金だのCDの買い取り代だのいろいろ理由をつけて、かなり金をせびったらしいんだ」

私はビールをちょっとなめてみる。さっきせびってはみたが実は苦いだけでちっともおいしくなくて、永春さんに返した。

「親父は嘘《うそ》だと見抜けなくてね。その金を渡さないと息子が成功できないって思ったんだ。それでつい、目の前にある大金に手が出ちまった」

洋介さんは、あぐらをかいてポッポッと話した。

「マネージャーにしてみりゃ、持ってくりゃ儲《もう》けものぐらいにしか思ってなかったんだよな。それが、言った通りの大金をホイと親父が持ってきた」

「それで味をしめたのか」

永春さんが言うと、彼は小さく頷く。

「次から次へと、言った通りの金を持ってくるんで、マネージャーはこれは変だと気がついた。遺産《いさん》でもあるのかと問いつめると、気の小さい親父は銀行の金に手をつけたことを喋《しゃべ》っちまったんだよな」

なるほど、これで完全に弱みを握られたことになる。

「そのあたりから、マネージャーの要求は露骨《ろこつ》になったそうだ。自分の手を汚《よご》さないで銀行の金を横領《おうりょう》できるなんて、こんないいことはないと思ったんだろう。マネージャーは親父に定期的に金を用意するように言った。二か月に一度、マネージャーは金を取りにこの町へ来てたそうだ」

私は「あっ」と声を出した。

「もしかしてお金の渡し場所は、あの防空壕？」

洋介さんはちょっと目を見開く。

「よくわかったね」

「うん。盆踊りの次の日に、防空壕に行ってみたんだ。そしたら、古いトランクの所にいっぱい煙草《たばこ》の吸い殻《がら》があったから、誰かちょくちょく来てるのかなって思ってたの」

「そうか、鋭いな。あのトランクの中に、金を入れておくことになってたらしいよ」

得意気に永春さんを見ると、彼は私のおでこを指で弾《はじ》く。

「てっ」

「危ないから行っちゃ駄目だって言わなかったか？」

そういえばそうだった。私は自分の失言にしおしおと肩を落とす。

「そんなことが続けば、いくら鈍《にぶ》い親父だって、金が事務所じゃなくてマネージャーの財布に入ってるんだって気がつくよ。でも、気がつくのが遅すぎた。マネージャーは笑ってこう言ったそうだ」

聞かなくてもわかった。胸の奥がずっしり重くなる。

「親が銀行の金を横領してることが世間にばれたら、息子の仕事はどうなるか考えるんだなってね」

洋介さんは、伏目《ふしめ》がちに呟《つぶや》いた。私は膝《ひざ》を抱えて顔を伏せる。

「親父は、思いつめてしまったらしい」

ビールを飲みほすと、洋介さんは溜《た》め息と一緒に言った。

「手をつけた銀行の金はいつの間にかすごい額になった。もう伝票の操作じゃ隠しきれない。横領したことを白状して楽になろうと思っても、せっかく上向きになってきた俺の人気をつぶしてしまうと思って警察へも行けなかった。八方ふさがりだ」

洋介さんは言葉を切って、お堂の外へ顔を向けた。夕方になるにつれて、風が出てきたらしく、母屋《おもや》につるした風鈴が小さく音をたてている。

「そういうことを、俺はまったく知らなかった。ずっと東京にいて、次から次へと言われた通りに動いて、言われた通りに歌ってたから。いつだったかな。梅雨《つゆ》の頃だったと思う。

親父が用事で東京に出てきてね、俺のマンションに泊まってった。あとで考えると、マネージャーに呼びだされたのかもしれないな。で、親父が風呂に入っている時、俺は親父の背広をハンガーにかけた。その時、手帳が内ポケットから落ちたんだ」

もうすっかり済んでしまったことだというふうに、洋介さんは淡々と話した。

「親父は、手帳に日記風なことをギッチリ書いていた。まあ好奇心から、一番新しい日付の所を読んでみたんだ。そうしたら『マネージャーを殺すと決意する』そう書いてあったんで驚いたよ」

うすく笑って、洋介さんは肩をすくめる。

「あわてて前のほうも読んでみて、俺は親父とマネージャーの間にあったことを、そこで初めて知ったんだ。俺は親父を問いつめた。親父は事実だと認めたけれど、マネージャーを殺そうって意志を曲げなかった。普段おとなしい人間っていうのは、思いつめるとこわいね。ひと晩中説得しても駄目で、親父が帰ってからも、俺は毎日のように電話して『俺のことは大丈夫だから警察へ行け』って説得したんだけどね」

そうか。その電話を桃子さんが聞いたのだろう。

「俺は警察へ行って全部話そうかとも思ったよ。でも、できなかった。親父を通報する勇気も、俺が仕事を辞める勇気もなかった」

そこではじめて、洋介さんはつらそうに手を額《ひたい》へあてた。

「なんとか、親父が人を殺すのだけはやめさせなくっちゃならない。それで俺は、マネージャーを悪人に仕立てたんだ。ま、もともと悪人なんだけどね。あのチンピラみたいなマネージャーが善良な親父を殺そうとしてるって、実乃ちゃん達に思いこまそうとした」

私は膝を抱えたまま、洋介さんの顔を見る。

「じゃあ、あの下剤《げざい》は……」

「俺が入れた。わざと実乃ちゃん達とうちの親父を同じ時間に呼んで、下剤を飲ませた。それでマネージャーへの不信を決定的にさせようと思ったんだ」

一拍間を置くと、洋介さんは頭をさげる。

「ごめんな」

私と永春さんは顔を見合わせた。

「いいよ、洋介さん。花乃ちゃんなんか、おかげで便秘が治《なお》ったって言ってたから」

「花乃ちゃんにも、ごめんって伝えてほしい」

「わかった。言っておく」

永春さんがビールをすすめると、洋介さんは笑顔で首を振った。永春さんは、自分のグラスにだけビールを注ぐ。

「とにかく『マネージャーが悪い』ということにしておけば、最悪の事態があった時でも正当防衛だって言いはれるって思ってたんだけどな」

あの日、血のついたナイフを持った父親を見て「親父がやったんじゃない」と狂ったように叫んでいた洋介さんを思い出した。

あの時の人と、今、目の前で薄く笑っている人が同一人物なのが信じられない感じだ。

「じゃあ、ボディガードっていうのは、本当は監視だったのね」

私が言うと洋介さんは頷いた。

「そうだ。親父がマネージャーを殺しに行かないように、見張っていてもらったんだ」

でもたぶん、熊田さんは私達が尾行《びこう》していることに気がついてたんだろう。だからマネージャーを刺しに行く前に、お父さんを縛りあげたんだ。

しばらく床を見つめていたかと思うと、洋介さんは背筋を伸ばし、さっきより深く頭を垂《た》れた。

「実乃ちゃんのおかげで、親父は人殺しをしないですんだんだ。ありがとう」

改まって言われて、私は照れて耳をかいた。そして彼は、永春さんのほうに向きなおる。

「結局は、俺は自分のことしか考えなくて、他人を振りまわしただけだった。永春、俺はどうやって償《つぐな》いをしたらいいんだろう」

聞かれて永春さんは、作務衣《さむえ》の袖《そで》をいじりながら首を傾げた。

「さあな」

「坊主《ぼうず》だろ、教えてくれ」

かすかに笑うと、永春さんは口を開く。

「これから、どうするつもりなんだ?」

「歌手は引退する」

それを聞いて、私は思わず「えー!」と大声を出してしまった。そしてあわてて口を押さえる。驚くなんて私は馬鹿だ。それを決めてきたから、この人はこんなにすっきりした顔をしてるんだろう。

「しばらくはマスコミもうるさいだろうけど、半年もすればすっかり忘れてくれるさ。そうしたら仕事を見つけて、桃子と暮らそうと思ってる」

永春さんの目が、静かに洋介さんを見つめていた。穏《おだ》やかな気持ちでいるのか、それとも胸の嵐《あらし》を隠しているのか、私にはまるでわからなかった。

「坊主なんかに聞かなくても、わかってるじゃないか」

にっこり笑った永春さんを見て、洋介さんは傍《かたわ》らで見ていても分かるぐらい心から安心したようだった。

「そろそろ、行かないと」

洋介さんは腕時計を見て、座蒲団《ざぶとん》から腰をあげる。

「ゆっくり飲んでいきたいけど、これから桃子の家へ行くんだ」

「ご両親に挨拶《あいさつ》するのか」

「まあね。気が重いよ」

言葉とは裏腹に、洋介さんの顔は明るかった。永春さんは、洋介さんと並んでお堂をおりた。私もあとからふたりに続く。

西に傾きはじめた太陽は、柔らかく遠くの山や畑を包んでいる。どしゃぶりみたいに降っていた蟬《せみ》の声も、今や雨垂《あまだ》れぐらいにさびしくなっていた。

石段の所まで歩くと、洋介さんはここでいいよと言った。

「洋介」

永春さんが、石段をおりはじめた洋介さんを呼んだ。見あげる感じで、洋介さんがこちらを向く。

「今度は、電話番号ぐらい教えろ」

「わかった。そうする。あ、そうだ」

一度おりかけた階段を洋介さんは軽くあがって、私の前にやってきた。彼は一段下で立ち止まったので、洋介さんと私の視線の高さが一緒になった。

洋介さんは私の耳もとに手をかざして、こっそりと呟く。

「永春と結婚する時は、呼んでくれよな」

たったそれだけのことで、自分が耳まで赤くなるのがわかった。

洋介さんが石段をおりていくのを見送ると、永春さんは私の背中を促《うなが》してお堂へあがった。お堂の端に、三枚の座蒲団と飲みかけのビールが置いてある。そこに永春さんはまたあぐらをかいた。

「洋介、なんて言ったの？」

笑顔で永春さんが聞いてくる。私は言うに言えなくて、曖昧《あいまい》に首を傾げて腰を下ろした。永春さんは、水滴で濡《ぬ》れてしまったビール瓶を取りあげて、自分のグラスについだ。

「飲むの？」

「もったいないだろ」

「私も、ちょっともらおうかな」

「ちょっとだぞ」

洋介さんの使っていたグラスを出すと、永春さんは半分ぐらいビールを入れてくれた。ぬるくなったせいかさっきより苦く感じなかった。

「洋介さん、すっきりした顔してたね」

「そうだな。あんな仕事してると、好き勝手やってるふうに見えちゃうけど、実際がんじがらめだったんだろう」

手枷《てかせ》足枷《あしかせ》をかなぐり捨てて自由になった洋介さんは、テレビに出ている時よりずっとかっこよく見えた。きっと、桃子さんの力も大きかったんだろう。

「まだ、桃子さんのこと好き？」

永春さんの横顔を見てるうちに、私は無意識にそんなことを聞いていた。

永春さんはビールを飲む手を止めて、ちょっとこちらを見る。

「そうだな。そうかもしれない」

聞くんじゃなかったと私は後悔した。すると、うなだれた私の頭を、永春さんが軽く叩く。

「この前、桃子の家へ行っただろ」

「うん」

「最初から、実乃を連れていくつもりだった。六年ぶりだから、ふたりっきりで会うのがこわくてさ。実乃がいてくれれば、大丈夫だって気がして。こんな話はいやかな？」

私は急いで首を横に振る。

永春さんは私の左手を取って、赤ちゃんの手をあやすように揺すった。

「うまく言えないけど……実乃がいてくれてよかった」

永春さんの、泣きだしそうな笑顔を見て、胸の中に突然固い決心が湧《わ》きあがってくるのを感じた。

私はいつか、この人のお嫁《よめ》さんになろう。

いつになるかはわからない。断られるかもしれない。

でも、いつか。

私は奥歯を噛《か》みしめ、唇を結んだ。

今は無理でも、この人の中に閉じこめられた嵐《あらし》を、しっかり受け止めてあげられるような大人になろう。

「実乃？」

そう決心したら、なんだか泣けてきてしまった。

夏の終わりを告げる最後の蝉が、杉のてっぺんから飛んで行くのが見えた。

私にもいつか、この恋を終わらせなくてはならない日がくるのだろう。

夕闇《ゆうやみ》へ飛んだ蝉は、藍色《あいいろ》の空へ消えていった。


——おわり——

あとがき

本書はコバルト文庫より『アイドルをねらえ！』というタイトルで刊行されたものを改題し、加筆訂正したものです。先に角川文庫より発売になりました『チェリーブラッサム』の続編にあたります。

『チェリーブラッサム』のあとがきにも書きましたが、加筆訂正を入れたとしても、下敷きはジュニア小説なので、大人の方は多少なりとも違和感を覚えることと思います。

この作品は私のコバルト文庫最後の作品となったものです。当時、少女の成長過程を連作として書こうと思っていたものが、さまざまな事情で志半ばで終わってしまいました。

今の私では残念ながらこの続きを書くことは、文体や自分自身の心境の変化から難しいことと思われます。けれど、いつか、彼女がもう少し大人になった日の物語を書くことができればと心から思っております。

小説として大変未熟なものですが、私自身にとっては思い出深い作品です。

どうかよろしくお願いいたします。

二〇〇〇年　春

山本文緒

本書は'91年8月集英社コバルト文庫より刊行された
『アイドルをねらえ!』を角川文庫収録にあたり、
改題・加筆訂正したものです。

ココナッツ

山本文緒《やまもとふみお》

角川文庫　11580

平成十二年 七 月二十五日　初版発行
平成十三年十一月二十五日　三版発行

発行者――角川歴彦
発行所――株式会社角川書店
東京都千代田区富士見二―十三―三
電話　編集部(〇三)三二三八―八五五五
営業部(〇三)三二三八―八五二一
〒一〇二―八一七七
振替〇〇一三〇―九―一九五二〇八
印刷所――旭印刷　製本所――本間製本
装幀者――杉浦康平
本書の無断複写・複製・転載を禁じます。
落丁・乱丁本はご面倒でも小社営業部受注センター読者係にお送りください。送料は小社負担でお取り替えいたします。
定価はカバーに明記してあります。

©Fumio YAMAMOTO 1991　Printed in Japan

や 28-8　　ISBN4-04-197008-3　C0193

角川文庫発刊に際して

角川源義

第二次世界大戦の敗北は、軍事力の敗北であった以上に、私たちの若い文化力の敗退であった。私たちの文化が戦争に対して如何に無力であり、単なるあだ花に過ぎなかったかを、私たちは身を以て体験し痛感した。西洋近代文化の摂取にとって、明治以後八十年の歳月は決して短かすぎたとは言えない。にもかかわらず、近代文化の伝統を確立し、自由な批判と柔軟な良識に富む文化層として自らを形成することに私たちは失敗して来た。そしてこれは、各層への文化の普及滲透を任務とする出版人の責任でもあった。

一九四五年以来、私たちは再び振出しに戻り、第一歩から踏み出すことを余儀なくされた。これは大きな不幸ではあるが、反面、これまでの混沌・未熟・歪曲の中にあった我が国の文化に秩序と確たる基礎を齎らすためには絶好の機会でもある。角川書店は、このような祖国の文化的危機にあたり、微力をも顧みず再建の礎石たるべき抱負と決意とをもって出発したが、ここに創立以来の念願を果すべく角川文庫を発刊する。これまで刊行されたあらゆる全集叢書文庫類の長所と短所とを検討し、古今東西の不朽の典籍を、良心的編集のもとに、廉価に、そして書架にふさわしい美本として、多くのひとびとに提供しようとする。しかし私たちは徒らに百科全書的な知識のジレッタントを作ることを目的とせず、あくまで祖国の文化に秩序と再建への道を示し、この文庫を角川書店の栄ある事業として、今後永久に継続発展せしめ、学芸と教養との殿堂として大成せんことを期したい。多くの読書子の愛情ある忠言と支持とによって、この希望と抱負とを完遂せしめられんことを願う。

一九四九年五月三日